艾达之路

〔阿根廷〕R. 皮格利亚 著

赵德明 译

图书在版编目(CIP)数据

艾达之路 /（阿根廷）皮格利亚著；赵德明译 .
—北京：中央编译出版社，2016.3
（西班牙语文学译丛 / 尹承东，赵德明主编）
ISBN 978-7-5117-2961-3

Ⅰ.①艾… Ⅱ.①皮… ②赵… Ⅲ.①长篇小说－阿根廷－现代 Ⅳ.①I783.45

中国版本图书馆 CIP 数据核字 (2016) 第 032571 号

艾达之路

出 版 人：	刘明清
出版统筹：	董　巍
策　　划：	韩慧强
特约编辑：	赵赤勇
责任编辑：	王媛媛
责任印制：	尹　珺
出版发行：	中央编译出版社
地　　址：	北京西城区车公庄大街乙 5 号鸿儒大厦 B 座 (100044)
电　　话：	(010) 52612345（总编室）　(010) 52612363（编辑室）
	(010) 52612316（发行部）　(010) 52612317（网络销售）
	(010) 52612346（馆配部）　(010) 66509618（读者服务部）
传　　真：	(010) 66515838
经　　销：	全国新华书店
印　　刷：	山东鸿君杰文化发展有限公司
开　　本：	880 毫米 ×1230 毫米　1/32
字　　数：	148 千字
印　　张：	5.75
版　　次：	2016 年 7 月第 1 版第 2 次印刷
定　　价：	26.00 元
网　　址：	www.cctphome.com　　邮　箱：cctp@cctphome.com
新浪微博：	@ 中央编译出版社　　微　信：中央编译出版社（ID：cctphome）
淘宝店铺：	中央编译出版社直销店 (http://shop108367160.taobao.com) (010)52612349

本社常年法律顾问：北京嘉润律师事务所律师　李敬伟　问小牛
凡有印装质量问题，本社负责调换，电话：010-55626985

目录
Contents

第一部　事故　001
　　第一章　001
　　第二章　015
　　第三章　029
　　第四章　042

第二部　俄国女邻居　057
　　第五章　057
　　第六章　068
　　第七章　082
　　第八章　094

第三部　以康拉德的名义　107
　　第九章　107
　　第十章　132

第四部　火中手　143
　　第十一章　143
　　第十二章　161

　　结束语　174
　　译后记　176

第一部　事故

第一章

1

那个时期，我过着几种生活，活动范围是几个互相关联又各自独立的顺序，由朋友、爱人、烈酒、政治、几只狗、酒吧、夜间散步组成。那时，我写了一些电影剧本：没有拍摄；翻译了几种侦探小说：看上去都是一个模样；编写了几部哲学书（或曰心理分析学著作！）：署名是别人。我很迷茫，断了退路，直到后来——偶然、突然、预料之外——到美国教书去了，卷入了一件大事，现在我想留下一份证词。

有人建议我去美国一个学期，到独一无二的精英大学——印第安纳州泰勒大学当"客座教授"；此前，那里缺少这样一位"教授"，于是想到了我，因为他们对我有所了解，给我写过信，后来事情有了进展，定下了上课的日期；但是，我却犹豫起来了，开始拖延时间，因为不愿意在一片荒原上埋头六个月。12月中旬的一天，我收到艾达·布朗的一个邮件，用的是老式加急电报的句法："一切齐备。请寄授课提纲！等候您的到来。"那天夜里很热，便洗了淋浴，在冰箱里找到一瓶啤酒，对着窗户，在帆布椅子上坐下来：外面那座城市是一团昏暗，星光遥远，声音嘈杂。

我跟第二个老婆分手了，独自住在阿尔玛格罗小区的单元房里，这是一位朋友借给我住的；有很久我都没进公共场所了，一天下午，我看了一场电影，散场时，一位金发女郎（此前我跟她搭过话）一看见是我，她吓了一跳，因为她以为我死了。"哎呦喂，有人告诉我，你死在巴塞罗那了!"

我辩解说,我正在写一部关于英国作家W.H.哈德森[1]在阿根廷生活的文章,但是,工作进展不大;我累了,懒得动弹,有两星期什么也没干,直到有一天艾达打电话找到了我。问我钻到到哪里去了?怎么什么人也找不到我呢?我夸张地说,还有一个月就要开学了。我得马上动身了。

我把单元房的钥匙还给了那位朋友,把衣物放进了衣柜,走了。在纽约逗留了一个星期。到了1月中旬,乘坐新泽西交通公司的列车前往泰勒大学所在郊区的安静村庄。艾达当然不会去车站迎接我。但是,她派了两名大学生在站台上等我,他俩举着一个牌子,上面写着我的名字,字形歪歪扭扭,用红笔写的。

之前下过雪,停车场上白茫茫一片,车辆深陷在冰雾里。我上了汽车,黄昏中车行缓慢,大灯发黄的光线照耀着前方。终于,我们到达了马尔康路上的住处,距离大学校园不远,租给我小房子的是一位哲学教授,他在德国休带薪年假呢。两位大学生,一位叫米克,一位叫约翰三世(后来我上课的时候又见到了他俩),他们干活积极,不爱说话,帮助我把行李一一搬下车,然后给了我一些具体说明,并且打开车库大门,让我看看即将和我一起合租房子的伍贝特教授的丰田轿车,告诉我如何使用暖气,给了一个电话号码,万一我觉得寒冷(或是遇到麻烦,可以打电话给安保部门)。

村庄灯火辉煌,像世外桃源,距离纽约六十公里。住宅区有几处开放式的宽敞花园,房子都有落地窗,街道两旁全是树木,四周一片静谧。看上去这里很像高等精神病疗养院,那正好是我所需要的。任何地方都没有栅栏,没有保安室,没有高墙。有设防,但种类不同。危险的生活似乎

---

[1] 哈德森(Hudson, 1841—1922),出生在阿根廷的英国作家,自然主义者,是20世纪初非常关注阿根廷"文明与野蛮之争"的学者。——译者注,以下省略。

不在那里,是在森林、湖泊的另一侧,在特林顿区,在新布龙斯维奇区,在新泽西平民区和那些烧毁的房屋里。

第一夜,我睡得很晚,检查房间,站在窗前欣赏附近花园的夜景。房子很舒适,但是由于再次住进了别人的房屋,那种奇怪的如同迷路之感再次出现了。墙壁上悬挂的图画、壁炉挡板上的装饰品、仔细套上了尼龙口袋的西装,让我感觉自己像个偷窥者,而不是闯入者。楼上的书房里,靠墙堆满了哲学书籍,我一边浏览书房,一边心里想:这么多内容丰富的书籍终究是让我摆脱眼下、脱离现实的精神建筑。

在厨房的柜子里,我发现了墨西哥酱油、亚洲的香料、装干蘑菇和西红柿酱的瓶子、油罐、果酱坛子,好像这个家里准备长期对付围困似的。罐头食品和哲学书籍啊,夫复何求?我做了一个美式西红柿汤,打开一盒沙丁鱼罐头,烤上面包,开启了一瓶白诗南葡萄酒。随后,煮了咖啡。在客厅的沙发上落座,开始看电视。每到一处,我总是这样做。各国的电视节目都一样,这始终是现实中超出变化之外的唯一部分。在娱乐和ESPN体育频道上,洛杉矶湖人队在与波士顿凯尔特人队交锋,前者处于上风;在新闻节目里,比尔·克林顿微笑的样子不拘礼节,一辆轿车在本田公司的告诫声中沉入海底,HBO上在播送柯蒂斯·伯恩哈特导演的《作茧自缚》,是我喜欢的影片之一。琼·克劳馥[1]半夜出现在洛杉矶的一个小区里,不知道自己是谁,不记得自己的过去,在街道上晃来晃去,路灯惊人地耀眼,她仿佛在一个空空荡荡的鱼缸里晃悠。

我想我是睡着了,因为电话铃声把我给吵醒了。已近午夜时分。一个知道我姓名、再三称呼我是"教授"的什么人,愿意卖给我海洛因。这实在太不寻常了,简直像是真的。我吃了一惊,中断了通话。可能是个爱开玩笑的家伙,可能是个白痴,也可能是控制着常春藤盟校院士们私生活

---

[1] 琼·克劳馥(Joan Crawford, 1906—1977),美国电影女演员。《作茧自缚》的女主角。

的美国缉毒局的特工。他是怎么知道我名字的呢？

说实话，这个电话让我相当紧张。我经常有心里犯嘀咕的毛病。这家伙绝非寻常人。我猜想有人从窗户外面正在监视着我，就关掉了室内灯光。外面花园和街道处于黑暗之中，树叶随着清风簌簌作响；对面，木栅栏的那边，我邻居的房屋依然有灯光；客厅里，一个小个子女子左摆右晃，正在打太极拳，动作缓慢而和谐，好像漂浮在夜空里。

2

第二天，我到大学去了，认识了几位女秘书和同事，但是没跟任何人说起夜间那奇怪的电话声。我拍了几张照片，在几张表格上签了字，他们给了我一张可以出入图书馆的磁卡，在位于三楼的教研室、阳光充足、面向校园石子路和一些哥特式建筑的办公室里安置了我的位子。这正是开学的时候，大学生们背着背包，拉着滑轮手提箱纷纷来报到。在1月阳光照耀下的每条大路上，在寒冷的空中，飘荡着欢乐的喧闹声。

我在教师休息室里找到了艾达·布朗。我俩去一家叫轮渡之家的餐厅吃饭。三年前，我就是在这个地方认识了艾达，可那时候我的生活正在下沉，她则在上升。她身穿一套灯芯绒运动衫，抹了口红，身材苗条，模样热辣，有点居心不良，令人瞩目。（她说："欢迎来到坟墓！作家们来这里是找死的。"）

艾达是学术界的明星，她写的关于狄更斯的论文让研究《雾都孤儿》作者的工作瘫痪了二十年。她的工资是政府的秘密，据说每半年给她涨一次工资，唯一的条件是她拿到的钱要比同行男子（她不愿这样称呼他们）多一百美金。她一向独自生活，从未结婚，不要孩子，身边总是围着一群学生，夜间任何时候，都可以看到她办公室的灯火通明，可以想象那里会有轻柔的电脑打字声音，那是她在撰写关于政治和文化的爆炸性文章。还可以想象出她那开心的笑声,因为她在想自己的假定会在同事们当中产生怎样的轩然大波。据说,她喜欢赶时髦,每五年换一种理论,每本著作都与前面的不同,因为她要反映时尚,不过人人都羡慕她的聪明才智和讲究实效的作风。

我俩一坐下开始吃饭,她就给我介绍现代文化与电影研究教研室的状况。这个教研室是在她帮助下成立的。教研室包括电影研究的原因,据她说,是因为大学生可能不看小说,可能不去剧场,可能不喜欢摇滚,或者不喜欢抽象艺术,但总是会看电影的。

她说话直截了当,能言善辩,有思想。(善辩和有思想是在一起的。)她长期坚持对东部一些文学教研室控制的德里达细胞做殊死的斗争;尤其是反对耶鲁大学的解构派中心。她批评上述两派不是从捍卫哈罗德·布鲁姆[1]或者乔治·斯坦内尔[2]的思想准则出发,而是从左派角度攻击上述两派,就是说从伟大的马克思主义历史学传统出发的。(但说什么马克思主义历史学等于是废话,如同说:这是美国的电影一样。)

她为精英工作,又反对精英;她仇恨那些搞职业小圈子的人们,她没有广大读者,只有专家才阅读她的作品;但是,她的写作是为关于可以复制极端化的假设、改造假设、传播假设的少数人,几年后是可以把假设变成传媒的少数人。

她读过我的著作,了解我的想法。希望我做一次关于哈德森的讲座。"我需要听听你的思路。"她说这话时面带疲倦的微笑,那口气似乎是说我的思路也没什么了不起的。她告诉我,她在研究约瑟夫·康拉德[3]与哈德森的关系,这是在提前告诉我:这是她研究的领域,请我不要涉足。(有人说,她不相信私有产权,但她研究的领域除外。)

1　哈罗德·布鲁姆(Harold Bloom, 1930—),美国著名文学评论家。
2　乔治·斯坦内尔(George Steiner, 1929—),法国语言学家、评论家。
3　约瑟夫·康拉德(Joseph Conrad, 1857—1924),英国著名作家,擅长写侦探小说。

爱德华·卡德耐尔,就是那个发现了约瑟夫·康拉德价值的出版家,也出版过哈德森的著作。因此,康拉德和哈德森很早就认识,而且成了朋友;他俩是19世纪末英国最优秀的散文家,二人都出生在遥远的异国他乡。艾达一向关注从古代、工业社会前的立场反对资本主义那些人的传统。俄国的民粹主义、美国"垮掉的一代"、嬉皮士和现在的生态环保主义者们再次拿起自然生活以及农村公社的神话。据艾达说,哈德森给这个半大小子的乌托邦补充了他对动物的兴趣。她说,在郊区豪华住宅区的陵园里,布满猫狗的坟茔。与此同时,人类却冻死在大街上。在艾达看来,在文学反对工业资本主义后果的斗争中,唯一能幸存下来的就是托尔金教授[1]给孩子们写的故事。可是,好了,归根结底,我打算在课堂上做些什么呀?我给她说明了我的讲座计划。我俩的谈话就沿着这个方向说下去了,没有什么特别的惊人之处。艾达如此美丽、聪明,甚至有些做作,好像在努力减少自己的魅力,或者她认为魅力是缺点。

吃完饭,我俩沿着威瑟斯彭大街向拿骚路走去。阳光已经开始融化冰雪了。我俩小心翼翼地走在结冰的人行道上。我有几天空闲的日子,可以适应一下环境,无论我需要什么东西,通知她就行了。系里的教学女秘书们负责行政管理方面的细节;大学生们热情地等待着上我的课。她希望三楼的办公室能让我感到舒适。走到面对校园的街口要分手的时候,她把手放在我胳膊上,微笑着说道:

"秋天我总是很热。"

我愣住了,脑子混乱。她表情怪怪地望着我,等了一会儿,希望我能说句什么,随即毅然决然地走了。她好像没有说出来我觉得应该听到的英语(In the fall I'm always hot),也许她说的是"就是降落,我也

---

[1] 托尔金(John Ronald Reuel Tolkien, 1892—1973),英国作家、诗人、语言学家,牛津大学教授。著有《霍比特人》《魔戒》《精灵宝钻》等作品。

总是一只猎鹰"。有可能说的是 Hot-hawks。秋天的意思是秋季学期嘛，可是刚刚开始的是春季学期啊。当然了，hot 在俚语里可能是说 speed；而 fall 在黑人区的方言里是在监狱里蹲上一段时间。如果你和一个女人用外语交谈，那意思就会转义。这是我和她意见不合的一个苗头，在后来的日子里，这一"不合"越来越严重了。我在语言问题上，常常很痴迷，这是我养成的怪癖，特鲁别茨柯依[1]的语音学让我中毒很深，我总是能听出弦外之音，有时会停下来研究音位错格，或者形容词名词化，因此忽视了句子本身的意思。我外出旅行时，没有睡觉时，喝醉时，还有谈恋爱时，都会发生这样的事情。（这句话如果这么说，在语法上是不是更贴切呢？旅行中，疲倦时，喜欢女人的时候，我会发生这样的事情。）

我度过了随后的几周，天天都有这种奇怪的反响。英语闹得我坐立不安，因为我经常出错，远远超过了我的愿望；我把出错归咎于话语有时有威胁我的意思。Down the street there are pizza huts to go to and the pavement is nice, bluish slate gray. 我不能用英语思维，立刻动手翻译起来。"在那条街尽头，有一家比萨饼店，在蓝幽幽的光线下，路上的柏油发亮。"

我的社交生活平静而单调。购物在戴维森超市。在家做饭，或者去教师俱乐部吃饭，地点在繁荣之家花园对面。时不时地开上伍贝特教授的本田出去看看附近的大小村庄。都是些古老的村子，有独立战争留下的遗迹，或者是血腥的美国内战的伤痕。有时，我徒步去特拉华河岸走走，那是一条 19 世纪联结费城到纽约的运河，是主要的商业通道。这条运河是爱尔兰移民用铁锹和镐头挖掘出来的，有一套非常复杂的排水、拦水系统；但是如今已经不用了，早就变成了一条林荫大道，面向静水的山岗上

---

[1] 特鲁别茨柯依（Trubetzkoy, 1890—1938），俄国语言学家，在音位学上有伟大贡献，著有《音位学原理》。

有豪华住宅。每年这个季节，河水结冰，透明的冰面上，孩子们身穿黄色的皮夹克，头戴小红帽，脚踏冰鞋，像小鸟儿一样叽叽喳喳，飞来飞去。

占去我时间的还有一件事：观察我那位女邻居。她是我早晨起床后唯一看到的宁静意象。一个小小的身躯在照看着荒原上一座小私人花园的鲜花。我站在自己二楼的房间暗处，望着她每天早晨从楼上下到花园里，在雪地里小心翼翼地迈着碎步，随后掀起保护暖房花卉的黄色棉帘，暖房借助花园石墙一侧的掩护修建而成。目的是让花朵战胜严寒、缺少光照和冬日的孤寂。我猜想，她是在跟花朵说话，因为传来一阵阵私语声，用的是一种奇怪的语言，好像是一种温柔、陌生的音乐。有时候，我觉得她在吹口哨，女人很少吹口哨；可是，一天黎明时分，我听见她有板有眼地吹出穆索尔斯基[1]的《图画展览会》。现实有着背景音乐的作用，此时此刻，无论是这种环境还是我的心情，这首相当轻佻的俄罗斯旋律都非常合适。

3

我这一生多次阅读过哈德森的著作，甚至参观过他的出生地：二十五棵树商陆[2]。位于距离我在阿特伦盖的住家不远。我常常骑自行车到37公里处，从那里上土路，穿过树林，来到田野上的农舍。我们小时候总是很喜欢大自然。哈德森像许许多多传达童年激情的作家那样，似乎一辈子都在乡下。多年后，是在1918年，哈德森病倒在英国海边的住处，有六个星期之久，赶上了一个长长的主显节[3]，这让他"奇迹般"地头脑清醒，重温童年在阿根廷潘帕大草原的幸福时光。他靠在枕头上，拿着笔和本，心情激动发热，不停地写那部神奇的自传体小说《在那遥远的地方

---

1 穆索尔斯基（Mussorgsky, 1839—1881），俄罗斯著名音乐家、画家，有"音画大师"之称。
2 阿根廷地名。树商陆是南美洲一种特有的软木树。
3 每年1月6日纪念耶稣基督显灵的日子。

和多年以前》。在疾病和回忆往事之间，有某种普鲁斯特式的不由自主的记忆。但是，正如哈德森本人澄清的那样："这并非大多数人熟悉的那种心态：一种颜色、一种声音，或者更多情况下是一种花香让我们联想到童年，突然生动活泼地恢复了几乎是幻梦般的往事。"确切地说，这是一种启示，仿佛重归故里，又能清楚地看见了经历过的时光。从如此回忆往事中产生的散文，是英语文学最为值得怀念的一刻；同时作为悖论，也是苍白的阿根廷文学闪烁光芒的大事之一。

他之所以这样写作也许是因为英语与他童年的西班牙语掺和在一起了；在他的手稿里经常会有错误和可疑之处，这让人们想到哈德森可能不大熟悉他写作时用的语言。有位研究他生平的学者记得，哈德森有时会停下来寻找一个不在记忆中的单词，会立即求助西班牙语加以代替，然后继续写下去。好像童年的语言永远靠近他的文学作品并且所在背景是失声的。他使用英语写作，但句法是西班牙语的，还保留着阿根廷拉普拉塔平原上干巴巴的口语。

1846年哈德森一家离开了二十五棵树商陆，前往查斯科马斯[1]，他父亲在郊区租下一座小农场。那个时候道路难行，不难想象出门旅行有多难，路上走了三天的时间。全家星期一黎明时分上路，坐了一辆牛车，沿着向南的可怜路径前进。帆布车棚下面坐着父母和孩子们以及少量物品，大量的衣服、几只狗、行李和图书乘船走水路。牛车吱吱嘎嘎、摇摇晃晃在田野中间缓缓前行，追寻着军队走过的路径。一盏悬挂在牛车十字架上的油灯左摇右晃，往前是无尽的夜幕。

黄昏时分，走出图书馆，沿着拿骚路回家。此前有好多次，我在途中一家名叫蓝点海鲜餐厅吃饭。餐厅的停车场上总是站着一个乞丐。他挂着一个牌子，上面写道："我是加拿大奥赖恩人。"他身穿白色雨衣，纽

---

[1] 阿根廷小城市，距首都一百多公里。

扣从头系到脚。从远处看他,很像医院护工,或者是实验室科研人员。有时,我停下来跟他聊聊。他之所以这样写"奥赖恩人",是因为指望有老乡出现。他需要有人陪伴,但不是随随便便什么人都可以。他用法语对我说:"先生,只能是奥赖恩老乡。"他以为我是法国人,我没纠正他,免得改变话题。说了几句,他安静下来,随即斜靠在屋檐下,睡着了。

我回到家中,整理在图书馆里做的笔记,用工作打发漫漫长夜。煮了一壶茶,听着收音机广播,真希望明天永远不要来临。

哈德森经常怀念在阿根廷国民警卫队当兵的日子,他参加过军事演习以及1854年在巴塔哥尼亚科罗拉多河附近举行的军事行动。"服役期间,我从部队上学到了很多关于高乔[1]士兵生活的知识,他们追逐女人,不知疲倦;我还从印第安人那里学会了在马背上睡觉。"

哈德森的长篇小说《水晶时代》把那个苦行僧般艰苦生活的感觉重塑到一个位于遥远未来的世界里。哈德森在一封信里这样写道:"这部小说的中心思想就是性爱激情;想法就是不知疲倦、永不休战的做爱,直到怒火完全熄灭为止。我们可以坚持说:我们要改进道德和精神生活的质量;但是,我觉得折磨我们性交高潮的暴力没有变化,没有减弱。我们今天燃烧的热度跟一千年前的热度一样。我们希望这样一个时代的到来:不再有穷人,但是,永远别指望看到妓女的消失。"

4

我还在一个明净的世界里生活过,由于被某种修道士的静修法所吸引,我努力追求一种固定的程序,尽管我越来越感觉心烦意乱。我有些小小的紊乱,产生了一些奇怪的后果。常常难以成眠,失眠之夜我就上街散

---

[1] 来自阿根廷草原的牧民。

步。村子里好像没人居住,我就潜入黑乎乎的居民区,像个鬼魂。我看见了夜雾下的房屋,看见了敞开的花园;我听见了清风穿过树林的沙沙响;有时还听到有人在黑暗中说话和走路的脚步声。我甚至想,在这明亮的夜晚,走在空空荡荡的街道上,实际上是做梦,而事实是早晨醒来感到筋疲力尽,不敢肯定自己没有离开房间、没有在床上辗转反侧和度过整夜。

我要摆脱这眼花缭乱的状态,就像有人太长时间看着灯光一样。起床后有一种奇怪的清醒感,清晰地记得一些孤立的细节,比如,路上有条链子,有只死鸟。与失忆症相反:这些图像借助一种摄影上高清技术——固定下来了。

可能是一场噩梦的影响,或者可能是失眠的影响,但是对这些症状我都守口如瓶。知道这个秘密的只有我在布宜诺斯艾利斯的医生;事实是,他建议我不要远行,可是我不听,而是相信生活在一个偏远的校园里会治好我的病。什么好药也赶不上安静、绿树成荫的村庄。

"那会更糟!"阿莱斯特医生打断了我的话,给我开了处方。他是个了不起的临床医生,为人和蔼可亲,总是一副平静的模样。据阿莱斯特说,我得了一种怪病,他称之为"树状结晶症"。是劳累过度、酗酒成性造成的,似乎是突然之间就发生了小小的神经过敏性记忆危机。可能是一种病,也可能是在一个从前待过几年的地方逐渐严重的迷茫感和记忆模糊。

每当感觉特别郁闷的时候,我就跑到纽约玩两天,置身于熙熙攘攘的人群中,不给任何人打电话,不让任何人来看我,而是在一些不起眼的地方闲逛,躲开纽约的中央公园和非常开放的地方。我在麦道大街发现了伦西咖啡馆,跟老板交上了朋友,可是他说不出来咖啡馆为什么要叫伦西这个名字。我站在莱奥之家门前,这里是天主教友之家,由修女照管。从前是接待探视病人家属的寓所(附近有家医院),但是如今成了对外开放的小旅馆,神父和神学院学生有优先权。吃早饭的时候,我看到了他们,个个是单身汉,显得中规中矩,但是像小孩一样爱笑,阅读自己的宗教功课时神情显然是心不在焉的。

离开了那里,像从前在布宜诺斯艾利斯度过的许多夜晚一样,我要寻欢作乐。围着村庄或者切尔西红灯区转了几圈,逛逛寒冷的街道,看看身穿防雨大衣、脚踏高跟鞋的女孩子们从眼前走过。我老了,过五十岁了,女孩子眼里已经看不上我这样的人了。大概是这个原因吧,一天下午我决定打电话找伊丽莎白·沃思特林,几年前她的小出版社出版过我的短篇小说集。三年前,我来纽约的时候,我俩睡过觉。

她矮小,活泼,黑皮肤,有黑人血统,实际上是一对德国移民夫妇把她养大的,因为她亲生母亲是黑人(她说是非洲裔美国人)把她交给德国夫妇收养的。她从来没有见过自己的母亲,没办法认识母亲,因为这女人为了避免母女相认,采取了一切安全保障措施。最后,伊丽莎白雇了一个私人侦探去找母亲;可是等到侦探在密西西比州圣路易找到她母亲时候,她却没有勇气动身看亲妈了。亲妈已经改名换姓,住在市中心,在一家时装杂志社工作。伊丽莎白没去认妈,却成了那位私人侦探的朋友。有一天下午,我俩去拜访过他。他叫拉尔夫·派克,在埃斯代理社工作,住在华盛顿广场附近一座楼里。一进大楼,门上有对讲机,有金属探测器,有摄像探头。派克在电梯门口等候我俩。他有四十岁,戴着墨镜,长着一张狐狸脸。他住的房间高大,室内几乎空空荡荡,几扇窗户面对市中心。宽宽大大的写字台上放了四部电脑,呈圆形摆放,都处于开启状态,文档是开放的,几个网页都在运转。这是我第一次看到用一个特别的浏览器与微博联网,名称是网络爬虫,是刚刚出现的东西。浏览器与派克有关系的档案连线,信息会立即传输过来。派克说:"我们不出门,私下里盯着呢。"要找什么都在这里呢。屏幕上显示着一处码头仓库的图像,点击光标就可以进入仓库,可以看到一群人围着一张桌子谈话,可以听到他们说话的声音。派克关掉声音,保留图像,人群像是在梦里游动。他们笑着,在喝啤酒,在一个镜头里,好像看到有枪。后来,派克说,已经没有特别意义上的私人侦探了。已经不用什么人来调查犯罪了。那是电影里、电视连续剧的玩意儿,实际生活不用了。真正的世界是黑暗的、疯狂的,团伙的,不讲道理的。派克笑着说:要是你们单独在大街上,能活两天吧。他一支接一支地抽着烟,一面喝着姜汁汽水。埃斯代理社是由几个合伙人组成的,但工作是独立进行的。他们有线人,与警察一起工作,常常招募吸毒者、妓女、人妖、士兵,他们渗透、活动,都是成群结队的。侦探之间互不相识,都是通过互联网联系。个人最好别结识工作里的人,干这一行的太坏了,都是人渣。他在调查海湾战争中一个步兵营里有三名黑人士兵死了,此事与大多数来自德克萨斯州的军官和士官有关系。一个非洲裔美国士兵家属团体雇用了派克调查此案。派克相信三人死于他杀。百分之百的种族主义。他们杀人取乐。代理社已经跟还在科威特服役的几名士兵取得了联系。他们是要把此事曝光的。派克说:我只是处理一下这些信息。如果我处理成功,他们上法庭作证,我就把证据提供给律师团。他给我们看了一张照片:三名年轻的黑人士兵身穿作战服站在伊拉克沙漠里。

后来,我们去一家中餐馆吃饭。派克继续想让我看到他们这一行的真实情况。1846年第一家专门从事调查工业间谍和控制罢工工人的私人侦探代理社在波士顿成立了。(为了恐吓某人要二十小时跟踪他,秘密监视刚刚成立的工会组织,都是代理社的家常便饭。)派克养成了一种浪漫的无所顾忌态度,仿佛他是唯一发现世界是臭泥坑的人。黑暗中的光明似乎就是他前妻玛丽永,但转眼之间她就扔了丈夫,他极力想再征服她,没有成功。那女子在一家书店工作。派克一听说我是作家(或者说曾经是作家),就非要我们去看看她,他在中餐馆里走来走去,打电话给她,通知她我们要去书店,请她一定见见我们,因为我曾经是博尔赫斯的挚友。我们三个去了哥伦比亚大学区,书店位于110大街的迷宫。果然,书店入口处的墙壁上刻着博尔赫斯一句关于迷宫的话,但是,书店里面的书架上却没有博尔赫斯的作品，一本也没有。那女子很有魅力，一头红发，高高的个子，安安静静，说起派克来，好像他不在眼前似的。她和派克是同居了几个月，可是她把他给甩了，因为派克爱吃醋，喜欢胡说八道，她烦了。现在，派克还派遣狗腿子跟踪她，知道她跟一个有老婆的男人走动。派克不停地摇摇头，几次打断她的话，非要请她跟我们去喝酒。她拒绝了，理由恰如其分，语气非常小心，好像她不得不劝说一个刚从疯人院里出来的疯子。最后，我和伊丽莎白去了。派克留下来看书，估计是在等候玛丽永下班。

据伊丽莎白说，派克是个好侦探，但他的私人生活是一团糟，全世界的事他都清楚，似乎就为了不让别人说他不热心、不值得大家信任。我的感觉是，伊丽莎白也跟派克有故事，也被这位侦探调查过。她说，还有个问题（好像她看出了我的心思），就是他总是带枪，脾气相当暴躁。我送她回公寓。她一再要我留下过夜，我不肯，还是回到港务局车站，登上一辆开往新泽西的公交车，最后在村里下了车。

到家时已经过了半夜，周围一片漆黑，没有人影，只有停车场的轿车给人的感觉是这里还是有人居住的。信箱里有信件，都不重要，是些单据和广告。正要踏进家门，看见了我的女邻居正要离开洗衣房。她告诉我，她也失眠，好像她以为我出去散步是为了克服失眠的毛病。她说的英语带有一点轻微的欧洲口音；她告诉我，她是俄国人，退休前是斯拉夫文学教授，两年前丈夫去世了。如果我愿意，可以去她家喝杯茶，聊聊天。她岁数大了，个子不大，动作灵活，有力气；面庞优美，眼睛明亮，炯炯有神。这种女人，无论什么年龄，都有机灵劲，岁月是抹不掉的。她说话妙趣横生，真的不像上了年纪，倒是很像女演员正在表演一个年事已高的贵妇。（有一天，她对我说，亲爱的，我这个年龄的女人不会衰老，只会发疯。）

第二章

1

2月初开始上课了,每周星期一下午,我上三节课,地点在图书馆的B-6-M教室,研究生班规定上课的人数是有限制的(有六人注册)。他们当然是一群精英,此前训练有素,表现出博士生在写论文的岁月里才有的策划阴谋神情。这是一种非常奇怪的训练,阿根廷是没有的。这里更像是布朗克斯区的体育馆,年轻的拳击手由半退休的老冠军主持训练,在拳击台上发号施令,总是冒着倒在帆布地板上的危险。我觉得在西方世界还残存着少量的入行陋俗;也许中世纪的寺院有这种保守机密、特权和令人厌烦的规矩,因为这里的大学生差不多都是招募来的,在封闭的圈子里活动,与自己的老师共同生活——就像遭遇海难后的幸存者。他们知道外部世界没人对文学感兴趣;知道自己在批判性地发扬危机中的光荣传统。

因此,这六个新兵,我请他们围着桌子团团坐下,有些紧张,也期待着什么,如同关押在联邦监狱里没有经验的年轻杀人犯。大学替代了黑人区,成了精神施暴的场所。就在我到达学校的那天,附近一所大学里有位年轻的助教,在康涅狄格大街的家中,构筑了防御阵地,他杀了一名警察,在家坚守了十二小时,最后联邦警察赶到了。这时,助教要求重新审查他晋升讲师的申请报告,因为申请被否定,他认为此事不公,是不尊重他的成绩和著述。最逗的是他提出,如果警方保证他在监狱里使用武器,他可以投降。他是有道理的,正是在监狱里才应该使用武器嘛。但是,警方拒绝了他的要求,他自杀了。

校园表面上是平静、优美的，校方打算把经验和激情排出门外，但是暗地里的愤怒浪潮一浪高过一浪：这是受过教育者的可怕暴力。现代文化与电影研究主任是堂达马托，此人是经历过朝鲜战争的老兵；大家都说校方选他领导这新教研室恰恰因为他是老兵。很快，有过坐牢和打仗经验的人们要成为领导学校管理的教授了。

也许是发生了横祸（这里的警察称之为事故或者是挫折）之后，我才用这种方式看待事物的，好像这样的事实是美国学术界的精英们受的教育太高深、太复杂的结果。不管怎么说吧，第一天我坐下来给研究生班开讲哈德森问题，就觉得自由和幸福了；每当一开课，我就有这种感觉，这种强烈的同谋共犯环境鼓舞着我，给新一代人传达阅读方法和文化知识以及那个时代的偏见，我是在重复这古老的习俗。

我一直对被捆绑在双重归属、两种语言和两种传统的作家们感兴趣。哈德森充分体现了这个问题。他是美国人的孩子，但出生在阿根廷布宜诺斯艾利斯，时间是1838年，成长的地方是19世纪中叶阿根廷辽阔的潘帕草原；1874年他终于前往英国，直到1922年去世。他一分为二，一面想念阿根廷，一面想念英国，这有利于他当个好作家。"我感觉一半骑在阿根廷，一半骑在英国背上；怀念两个祖国；吸取两种文化精华。应该正确对待这构成我双重心境的元素：怀念和焦虑不安。"他提出了这个经典问题：受教育是一种文化，写作是另外一种文化。比如吉卜林[1]，再比如多丽丝·莱辛[2]，再比如奈保尔[3]，哈德森出生在蛮荒之地，后来变成了他文学创作的远方中心。是叙述者把非欧洲天地和常常是前资本主义社会的经历融化到了他的作品里，其中的人物（也包括叙述者）是对抗那个世界的，经

---

[1] 吉卜林（Kipling, 1865—1936），出生在印度的英国作家。1907年诺贝尔文学奖获得者。
[2] 多丽丝·莱辛（Doris Lessing, 1919—2013），出生在伊朗的英国作家。2007年诺贝尔文学奖获得者。
[3] 奈保尔（Naipaul, 1932— ），出生在西印度群岛的英国作家。2001年诺贝尔文学奖获得者。

受着考验。哈德森用优美的哀歌体文笔讴歌了那个牧歌般和暴力世界,因为他把那个世界看成面对英国的一种选择,因为英国已经被工业革命引起的紧张关系闹得撕心裂肺。

我们一开始选了哈德森的《在巴塔哥尼亚休闲的日子里》中的一个场景,可以说是"一堂视觉课"。事情大约发生在1851年,是在哈德森童年时期。据哈德森讲,那时候在乡下,在沙漠里,有个英国人和一个高乔人,后者在学习看东西,他是第一次看东西,所以我们也称这场戏是:《看的方法》。高乔人笑话英国人,因为后者戴眼镜。高乔人觉得看着一个人把个仪器架在鼻梁上很可笑。这是个挑战,在确定究竟谁看得更清楚上,有点紧张。慢慢地高乔人懂得了游戏规则,最后同意戴上英国人的眼睛试一试。

高乔人一戴上眼镜(对他百分之百地合适,几乎是个超现实主义的偶然动作),看到的世界原来如此啊:发现了从前对大自然的视觉是模糊的,从前只看到灰色的草原上只有模模糊糊的黑点和一些难以确定的东西。戴上眼镜后,一切都改变了,看见了各种颜色,看见了景物清晰的轮廓,认出了自己那匹桃色马的真正毛色,感觉自己经历了一场视觉上的基督显灵。

"我看见那辆车了。"高乔人说道,简直不能相信车子会有这种热烈的颜色。于是,他走过去摸摸车子,因为他想这一定是刚刚刷上去的油漆。高乔人走到车前,摸摸他看见的东西,这是一个发现的过程,是与现实遭遇。世界变得可以看见和真实了。(他说:"树叶是绿色的,牧草是黄色的。")这位高乔人明白了:大自然并非那么自然,换句话说,真正自然的大自然,对他来说,只有通过眼镜才能看清楚。

于是,这是一场转变观念的戏,可以说,是一堂教育课,当然了,也是一场开荒戏:原住民文明了。哈德森与约瑟夫·康拉德属于同一门第。这一章的题目是《蛮人的视觉》。这位高乔人从此戴上了眼镜,肯定是第一位骑马戴眼镜走遍布宜诺斯艾利斯省的高乔人。

19世纪中叶在阿根廷有谁戴眼镜啊？我拿出几张图像和木刻画片。随着印刷术的发明，眼镜的需求量增加了。大约是1829年，增加的数量足以批准一家生产眼镜的英国公司对阿根廷大量出口。或许我们应该从另外一侧面使用弗朗兹·博厄斯[1]"文化眼镜"的概念，他强调了眼镜的不利侧面，任何一位准备研究另外一种文化的叙述者都应该知道这个观点。

哈德森与此无关，他不再说自己的事，只是明确他到过那里的，有着见证者的立场和主观看法。这个构思过程有一种家庭气氛，被远方国度吸引的其他叙述者也有这样的家庭气氛。

康拉德从《青春》开始，他的马洛[2]系列故事把家庭气氛做得美轮美奂。我要求学生们阅读《青春》，也要读读吉卜林的短篇小说《巴瑟斯特夫人》，书中第一次出现了文学电影手法：隐私分裂。我还加上了奥拉西奥·基罗加[3]的《胡安·达林》，讲述了老虎变成人的故事，这个虎人看待人间事物清醒而冷静，令人难以置信；但是，为了这份清醒也付出了沉重的代价。

我分配了阅读书目，组织了课堂上口头发言，前几周，诸事顺利。每个人阅读哈德森的著作方法不同，给人的感觉是不同作者写的不同文本。我不统一大家不同的看法，而是努力深化这些不同。

2

我慢慢适应了这种生活的节奏，校规帮助我规范了无序的生活。夜

---

1 弗朗兹·博厄斯（Franz Boas, 1858—1942），德国裔美国人类学家，做了大量田野考察，尤其是在北美原住民生活的地方。他坚持认为，每种民族文化都有不可摧毁性。
2 马洛（Marlow）康拉德笔下的文学人物，是个侦探。
3 奥拉西奥·基罗加（Horacio Quiroga, 1878—1937），乌拉圭著名短篇小说家，擅长写大森林的故事，被誉为"拉丁美洲小说之王"。

间的幻觉没有什么改善，但至少更加忙碌了。此前我已经开始在笔记本上记下我和那个奥赖恩人（咖啡馆前的乞丐）见面的经过。认真观察和研究他的习惯以及一天中他藏身的地点。通常情况下，他一动不动，晒太阳，好像是在节约体能。他跟着阳光移动和栖身于阳光充足的安全岛上，为的是寻找温暖和光明。有一天，他对我说："先生，咱们要像石头，必须像石头那样的坚硬和顽强。"他另外一项重要活动就是走路，走在村里如同旅游客，步伐平稳、从容，他给这种走路的方式起了一个名字："走心"。我只能猜想他是不是要向某个地方走去。天黑以后，他朝着精品超市走去。这家为机关单位服务的超市位于村子的下方。他在一整天捡拾来的废品中，什么都能找到：酸奶、水果、蔬菜、面包、粮食、饼干。他称之为"拯救食物"，实际上此地禁止捡拾垃圾，但超市让他做。奥赖恩人表示愤怒和抗议，因为扔掉食物随随便便，却不允许别人收集起来利用。

有时他去校园对面希腊人开的酒吧喝碗热汤；或者去大学生咖啡厅喝一碗牛奶咖啡外加一个硬面包圈。无论吃喝什么，他都是交二十五美分硬币，无论他的消费超出了物值多少老板都收他这枚硬币。据说，60年代他来念书的时候，他支付吃喝消费没问题，但是后来就渐渐不灵了，陷入贫困之中。他从来不求施舍，但是寻找有人丢在大街上上的硬币，这成了他一天的工作之一。他走在人行道边上，搜查每个街区，总能找到几枚硬币。春天解冻以后，阳光融化了雪层，他能捡到更多的硬币，站在排水道洞口，只需一块布，或一块铁丝网，就能钓到需要的东西，让他节约地活上几天。这里的人都认识他，允许他做他的事，没有人打搅他。"你友好，别人就友好。你害怕，别人就害怕。你笑笑，人家冲你笑。"这就是他得出关于社交生活的结论。

我很快就意识到研究生班里有两伙人，泾渭分明：一伙是两个姑娘加一个小伙子组成，一个姑娘名叫于月林，另外一个姑娘叫卡莱·穆尔夫，小伙子名叫比利·苏伊万；两个姑娘很用功，胆子小；小伙子基本上总是一副生气的样子。这三人的活动范围不大清楚,因为是一年级学生,刚刚上大学研究生班的课程。另外一伙人是三人帮:约翰三世、米克·特里林和赖谢尔·奥莱森;前两位去车站接过我,后一位是瑞典裔姑娘,身材很像体操运动员,美丽聪明。三人总是在一起,因为论文开题报告已经通过是先进学生。最出色的是约翰三世,是艾达的青年接班人,有牛津大学的派头(他的确来自牛津),他论文的内容是研究爱德华·艾比[1]的长篇小说《故意破坏帮》,里面有漫画大师罗伯特·克鲁伯的图画,说的是一个由半"朋克"迷组成的无政府主义者犯罪团伙,为了保护大自然而杀害毁坏森林的人,他们还破坏挖掘机、电铲和登山车。约翰三世上我的课,因为他看到哈德森的作品里热情讴歌阿根廷潘帕大草原,认为这是一部走在现代生态运动历史前的作品。大家都说约翰三世是艾达教授的得意门生,同时还高兴地预测说,也是艾达将来的对手。有传闻说,师生二人有争论和冲突,因为艾达不赞成约翰三世的论文计划(她说:"做论文仅仅研究一本书,在当代可太落后,太愚蠢了!")可是,约翰三世坚定不移,骄傲地为自己的研究计划辩护,按照他的说法,研究一部流血题材的暴力小说就是重新继承乡村歌曲和乡下暴力团伙题材的传统。至于米克·特里林,他来自费城中产偏下阶层的典型北方佬家庭,这小伙子鼻子扁平,留着寸头,比别的学生显得严肃、认真、彬彬有礼,甚至让我以为他举止紧张的样子属于那种蹲过大牢的人。米克从前做过长途货车司机(他说:"对,我属于在高中就看过《在路上》的人。")后来,他终于决心要读研。学校之所以录取他,因为他曾经在《故事杂志》上发表过一个中篇小说,还因为他寄来一篇关于美国小说中的自传传统的出色文章。他如今是大三学生,在写关于"垮掉一代"中工人文化的论文。他在走学术之路,可他不相信大学教育,仅仅是为捧上过舒适生活的饭碗罢了。他欣赏"垮掉一

---

[1] 爱德华·艾比(Edward Abbey, 1927—1989),美国生态文学作家。

代"作家中的托马斯·沃尔夫、杰克·凯鲁亚克和肯·柯西,按照他的看法,因为这三位作家不是那种东部忸怩作态、喜欢挑毛病的知识分子。

赖谢尔·奥莱森是学者和外交家的后代——母亲是纽约人,在瓦瑟学院教法国文学;父亲是瑞典驻华盛顿使馆文化参赞。她本人非常活跃和有魅力。她在研究德国女性教育小说,是艾达上课的助教;她爱上了约翰三世,可是约翰三世爱着米克,而米克爱着赖谢尔。这幕看不见、纯洁而纠缠不清的喜剧,成功地替我分忧不少;我怀着哈德森用来研究阿根廷海岸地区鸟群惯于思考的兴趣,观察这部喜剧的进展。

约翰三世、米克和赖谢尔养成这样一个习惯:黄昏时分来我办公室商谈他们的计划和论文。三人一起在走廊等我,表现出同学一场的幸福、友好情谊(坦率地说,有段时间,我以为三人也会一起同床共枕)。在我的办公室里,我和每人先谈谈,然后跟着三人去帕尔马广场的法国娜娜咖啡馆喝咖啡。我记得,一天下午,约翰三世非要我们去看看赫尔曼·布洛赫[1],地点在附近的学院路上。那是个旅游参观点,专门介绍来过大学的作家,甚至还有我们在住宅花园里拍摄的两张照片。布洛赫在住宅楼上写完了长篇小说《维吉尔之死》,但他去世的地方是在村中的大学校医院。1946年《维吉尔之死》英文版问世。让我感到惊讶的是这部小说的第二个外文版是1947年在布宜诺斯艾利斯出版的西班牙语译本,是Peuser出版社的书,我家里有一本,我读过,还两次试图模仿一下(没有成功)。(《阿尔贝蒂之死》是我诸多成功和失败计划中的一部作品。)出版社为在阿根廷出版的《维吉尔之死》给布洛赫三千美元的预支稿酬;应该算一算1947年的三千美元到了今天值多少钱……

与三位研究生分手后,我往家走。在拿骚路与哈里森路交叉的拐角

---

[1] 赫尔曼·布洛赫(Hermann Broch,1886—1951),奥地利作家。重要作品有:《梦游者》《维吉尔之死》。

处，我看到一个男人，他身穿工装裤和方格法兰绒衬衣，正在利用人们等候街上交通指挥灯变换颜色的时机做政治宣传。他高举木牌，上面写着请支持5月国会议员大选共和党的候选人名单。另外还有一面小国旗，说明他属于爱国右翼组织。此前，我没见过这种独自一人的拉票活动。我心想，这里的一切都个体化了，没有社会或者工会组织的冲突。假如有人把一个在邮政办公室工作了二十年的老职员给开除了，这里不可能组织上街游行或者罢工声援老职员，因此就经常发生受到不公正待遇的人登上工作单位的大楼平台，手持自动步枪和手榴弹，射杀所有那些从楼下经过的不关心别人的同胞。我开心地认为，美国需要来点阿根廷的庇隆主义精神，这样可以减少由于个人反对社会不公待遇而实施屠杀群众的犯罪率。

3

在哈德森著作里说的动物观察力，本身就是一门艺术。用哈德森作品里出现的潘帕草原动物就可以建造一座文学动物园。哈德森是个优秀作家，有耐心和善于等候时机，擅长描写各式各样生态的活动和迅速变化的节奏（包括人类）。"一种非常有趣的动物，属于栉鼠[1]；由于它发出一种吐谷吐谷的声音，因此名字就叫：吐谷吐谷；由于它们生活在地下，像鼹鼠，又叫它'隐者'。它的声音洪亮、有力，在地下发出类似锤子的系列敲击声，先是有节奏的重击，然后是快速轻敲，它不露面，但是可以听见它的声音。"

哈德森的眼神可不是静态的，它与生物有特殊关系，他不想捕获动物（比如，梅尔维尔和海明威），也不渴望没有动物的世界（比如，康拉德），而是喜欢从远处"窥视"动物，不杀害，不捕获，仅仅是观察。但

---

[1] 栉鼠（Ctenomys magellanicus），分布在阿根廷巴塔哥尼亚地区的一种鼠类，善于打洞。

有时哈德森也说说动物望着他的情景。"有一种漂亮的猫科动物,背部的毛色是黑的,头部是灰色的,名叫猞猁;坐下来直立上身,望着我的目光十分高傲,有微笑,像个小教士,身披黑色斗篷,头戴灰色教士帽子;但是,尖尖的脸盘上有恶意,蔑视大自然以外的一切,也许比魔鬼正派,不如人类诡诈。"

除去家禽、家畜,我们已经不会描写野生动物了。那天,根据地方电视台的消息,有人看见森林里有一头熊,出现在洼地那边,距离这里不远。它像个黑点一样在树丛间晃动,颜色像红色的晨雾。它摇摇晃晃前进,在一片空地上露面了,是阿贝尼奥山边。它举着前腿,汽车的声音激怒了它,眼睛里闪烁着要吃人的凶狠目光,兜着圈子挪动,后来走远了,钻进了密林里。它让我回想起小时候在老家阿特洛盖,我家房子附近的荒地上安置了一个流动马戏团,里面有头熊。我从树篱笆围墙上观察那头熊,一看就是几个钟头。它脖子上拴着一条铁链,也是兜着圈子活动。有时夜里听见它嚎叫。马戏团的表演最后是一出戏。戏剧是从风俗剧和大众电视剧改编的。为了安装布景,演员们从我母亲那里借了一些家具。等我去看演出的时候,出现在舞台上我家的原木躺椅简直惨不忍睹。如今出现在校园附近这头兜圈子狗熊给我的影响恰恰相反:我想发生任何事都是可能的。

夜间温度到了冰点,窗户上已经冻上了冰花。住在街道对面的钢琴家正在练习舒伯特的最后奏鸣曲。琴声时而响起,时而停止,周而复始。给我的感觉是,像是有一扇窗户,滑来滑去,卡住了,缓慢开合。现在,我看见他站在昏黄的路灯下,面对着他的轿车,车篷是掀起的,一动不动。他时而弯下腰,听听马达运转的情况,再挺直身体,保持不动,不知在等待什么。

这个钟点,那个加拿大奥赖恩人做什么呢?可能像他有时候说的那样,大概已经撤回自己的临时住处了吧。他忘记了过去的一切,只顾眼前,纯粹的现时。一种时间永远不会是完美的感觉在折磨着他。他感到茫然,在不停地活动中迫使他思考如何阻止这一茫然继续下去。思考不是回忆,即使发生遗忘,也可以思考。但是,他没有忘掉语言,据他说,如果需要知道什么,可以去图书馆查阅。知识不再属于他的生活。

天气预报说,风暴要来了,估计黎明时分到达。我上了轿车,沿着一号线行驶,开到了桥下的购物中心。从纽约开过来的车流不停地拉长队伍,给人的感觉是敌军入侵了。汽车、汽车,一辆接一辆的汽车,同样的速度,保持同样的距离,开着车灯,只在一个方向上游动,仿佛有个共同的目标在指引大家前进,穿过去、穿过去,几个小时都是如此。终于,我经过购物中心门前,离开了一号线向南行驶,穿过一座大桥,绕过中央广场。又兜了两个圈子这才找到了家得宝。这是一家大型五金商店,里面有各类型号和大小的工具、仪表和机器,占地面积相当于一个望不到边的车间,或者像拆车厂。没有顾客,没有营业员,空空荡荡。我沿着巨大红色物件和机械形成的走廊(两侧有号码)走过去,感觉是在博物馆,像是老住宅后院的一种仓库复制品,专门放置闲置不用的机器、杂物,但是这里的一切都是新的,都闪闪发亮呢。

收银台已经关闭,蒙上了布。走廊的一侧,唯一的姑娘照看着唯一的柜台。我买了雪铲、一双帆布手套和一把钳子(开关窗户用)。暴风雪要来了,可能是冬天最后一场风雪了,但愿吧。

4

第二天,主任秘书告诉我,达马托先生要见我,邀请我到他家喝一杯。他住在普罗斯佩克大街的一处住宅里。黄昏时分,我去看他了。达马托先生既有学问,又讲实际行动,很有美国人特色。参加过朝鲜战争,那时他十八岁,在38度线附近的一个哨位上,走出野战卫生间的时候踩上了地雷，如今一条腿是假肢。他给我开门，转身时他左腿像是船桅杆。他身材高大、结实，长及肩头的白发像是帆船的帆樯。

他关于梅尔维尔[1]的研究著作，在60年代是学术界的参考书，但是后来这颗星星开始陨落了。在他家二楼有个专门房间用于收藏梅尔维尔的物品，里面存放着梅尔维尔个人使用过的东西——比如，一个手提书桌，这在19世纪是个稀罕物，还有专门研究梅尔维尔的《贝尼托·塞莱诺》的图书资料。关于达马托有许多荒唐故事，此人总是让我觉得和蔼可亲。他说话直截了当，据说，他已经不备课了；上他的课（只有关于《白鲸》的著名研讨班），他干脆要求学生把问题写在一张卡片上，他在课堂上宣读和即席回答。那天，他一人在家（周一到周五晚上都是如此），因为老婆和孩子们都长期住在纽约，他们受不了村子里这种生活。到了周末回来看望达马托。这就越发凸显了达马托的好色名声。

达马托的书房里布满了鲸鱼世界的东西，这是他为梅尔维尔博物馆收藏的一部分。他拿出魁魁格[2]使用的鱼叉复制品和梅尔维尔写作时用的雪松木桌原件给我看——"他总是站着写东西"——以及梅尔维尔当纽约海关抄写员的时候那些讨厌的公文。他还找出1789年出版的莎士比亚作品，那是梅尔维尔编辑的，与此同时，就在写作《白鲸》。显然，亚哈船长[3]的出现与在巴尔杜（突尼斯城市）发现莎士比亚的作品有关系，还找到了《白鲸》在用最为传统的方式开始不久后高傲和悲惨的叙述笔调。《白鲸》的开始是说捕鲸，结束时成了一部麦克白[4]式的大作。

达马托是美国私人收藏中，最完整收藏了梅尔维尔作品的人。曾经有很多人请他高价出让，他都一一婉拒了。他常说，要是我卖掉这些书

---

1 梅尔维尔（Melville, 1819—1891），19世纪美国小说家，散文家，诗人。著有《白鲸》、《水手比利·巴德》等作品。
2 《白鲸》里的人物。
3 《白鲸》里的主角。
4 麦克白（Macbeth）是莎士比亚四大悲剧之一《麦克白》的主角。

籍，我会烦死的。那天晚上，他对我很友好，重视我这个南美不起眼的作家，而他则是三代老学者，是莱昂内尔·特里林[1]和哈里·莱文[2]的同学。

我俩坐在他书房的皮躺椅上，喝着白兰地，回顾了哈德森与梅尔维尔的关系；哈德森在《巴塔哥尼亚地区休闲的日子里》有很长一章写到梅尔维尔作品中鲸鱼的白颜色。达马托说，辽阔的大草原和浩瀚的海洋是两位小说家的身份特征，而我们则相反，是关在房间里写故事的人，空间很小。一部小说里最困难的事情就是让人物走出家门，梅尔维尔让笔下的人物乘坐捕鲸船周游世界。他像是在海盗故事里那样哈哈大笑，一面给我斟满白兰地。

后来，我俩去饭厅吃外卖送来的比萨饼，打开我带来的阿根廷葡萄酒。达马托问我将来有什么打算。如果我想留在美国，教研室很乐意给我的合同再延长一年。同事们、学生们，特别是女教授艾达·布朗对我的工作非常满意。眼下，我对自己的未来还不清楚，但是，不打算回阿根廷了；我很感谢他好意。但回答他的口气有些支支吾吾。达马托想说服我去马萨诸塞州的旧水手区看看。说我应该去楠塔基特[3]游览，那里距离康科德[4]很近，过去所有的美国文学作品都写过那个地方。我告诉达马托：萨米恩托[5]是我们19世纪最伟大的作家，可以说是我们的梅尔维尔，为了让他有个清楚的概念，我又说，他跟玛丽曼、未婚时的皮博迪很要好——她是霍桑[6]的妻妹。萨米恩托经常去看爱默生[7]，在那儿认识了霍桑。很可能

---

1 莱昂内尔·特里林（Lionel Trilling，1905—1975），又名屈瑞林，20世纪美国著名社会文化批评家与文学家，生前为美国哥伦比亚大学著名教授，"纽约知识分子"群体的重要成员。
2 哈里·莱文（Harry Levin，1912—1994），美国文学评论家、比较文学学者，哈佛大学教授。
3 马萨诸塞州南部小岛。
4 新罕布什尔州首府。
5 萨米恩托（Sarmiento，1811—1888）阿根廷政治家、思想家和文学家，曾任阿根廷总统。代表作：《文明与野蛮》。
6 霍桑（Hawthorne，1804—1864）19世纪美国小说家，代表作长篇小说《红字》。
7 爱默生（Emerson，1803—1882），美国思想家、文学家、散文大师，19世纪美国文化精神的代表。

就是在他去贺拉斯和玛丽曼家做客时，认识了梅尔维尔的。萨米恩托给梅尔维尔写过信吗？达马托望着我的那种眼神，不能说是奇怪，但是相当冷淡。我知道一说起我欣赏的南美作家来，美国学者听我讲话的神情总是很有教养、但是心不在焉，仿佛我说的是一种萨加里[1]对爱国的看法，或者是在谈《汤姆叔叔的小屋》之类的作品。他用和缓的口气说道，是啊，当然啦，南边有海洋，皮廓德[2]号曾经穿过火地岛海域。我们又谈了一会儿，随后变得无精打采了，于是他邀请我去参观地下室。

Basements[3]是美国伟大文化传统中的地下建筑：在恐怖电影里，如果下到地下室，那就要发生坏事了，杀害农家的凶手往往就躲藏在地下室里，然后找机会把全家——干掉；青少年开始性交活动就是在自家的地下室里。但是，我不会想象达马托家的地下室会有什么是在等候我呢。

通向地下室的台阶入口就在厨房旁边。达马托用一块金属板做隔墙，把暖气、洗衣机、甩干机、闸盒、安装了报警器的水泥柱、几个木架和旧家具逐一隔离开来。他腾空了地下室狭长的一块地，在空地上修建了一个有四面墙壁和活动玻璃天花板的大鱼池，玻璃板由木榫连接，可以在上面行走。

玻璃板下，大鱼池里有一条白鲨在游泳。在透亮的水里，它游动起来像个影子，背部鱼翅划过水面。达马托告诉我，它是一条角鲨崽子，失去了自由很难活下去。它体型漂亮，一副阴险的样子，动作优美、冷酷。怎么给它喂食呀？用几位助教来喂！达马托这样说道。说着他做出威胁的架势，要把我推下水去，但实际上仅仅把一只手放在我肩膀上。他打开灯光，角鲨好像发怒了，因为它沉入水底不见了；片刻后，只听到一阵水

---

1 萨加里（Salgari, 1862—1911），意大利小说家，一生创作了200多部冒险小说，他的作品深受西语国家读者的欢迎，影响了包括：博尔赫斯、加西亚·马尔克斯、卡洛斯·富恩特斯、聂鲁达等一批拉美作家。

2 皮廓德（Pequod）《白鲸记》里一艘捕鲸船的名字。

3 原文为英语，即地下室。

响,最后角鲨再次露出水面,像个荒野幽灵,鱼翅静静地划过水面,在透亮的空气里留下一条灰线。喂它活鱼和肉块,绝对不喂猫狗,那是邻居的污蔑。

看了一会儿傲慢的角鲨凶狠地造出的波浪。随后,回到楼上,借助酒劲,我俩高高兴兴地说了再见。

我走着回家,这个夜晚静悄悄,3月的清风微微吹拂着树梢,月光熠熠生辉。不远的地方,那条白鲨静静地在一处维多利亚时代建筑物下面的鱼池里游来游去。

第三章

1

通常见到艾达的地方是会议室或者走廊里,她总是显得很忙。她说:咱俩得谈谈。我纳闷:是单独谈话吗?直到星期五,我上了去纽约的火车,看见她走进了车厢,打扮得靓丽,来到我身边坐下。有很多事情想跟你谈谈,要是你没别的什么事情要做,咱们利用这个机会交换交换情况。她的目光热辣辣,好像没睡觉,或者有点发烧。当然了我很清楚你在研究生班的工作。她说,学生们很满意你的课。难道她跟约翰三世谈过?他是最出色的,也是问题最多的。他还在坚持那个写论文就写一本书的可笑想法。写论文早就不只写一本书了,她口气是斩钉截铁的,仿佛在说一种实实在在的变化是让全体乘客听的。你去纽约做什么?我说:没什么特别的事,散散心而已。她是只要有可能,就去纽约,尽量不把时间都埋头于校园内。她要换换空气,纽约的空气不一样,她是在曼哈顿长大的,非常熟悉纽约。父亲是医生,一种出诊看病人的老派医生。小时候,父亲就带着她出诊,父亲给人看病,她就待在轿车里等候。父亲一出来,身上总是带着干冰的气味;父亲在发动车子之前,准备去城里另外一个地方看病人时,总要摸摸她的小脸蛋,开开玩笑,她能闻出父亲雪白的双手上冷飕飕的酒精味儿。看来这个故事她已经说了好多遍了,她已经成功地让一个小姑娘在车子里等候父亲的意象个性化了,让你能想象出一种幸福的童年生活。她很自信,一种从小养成的自信,这就是艾达希望你认为的印象。她自己解释这种生活状态,是父亲教育宝贝女儿的结果,而父亲是自信的男子汉,善于对待女性,总是以保护妇女的形象出现在你身边。说到她自己时用了一连串戏剧性台词,那是一首史诗:一个纽约姑娘实现了自己的全部理想,主宰自己的命运,不做别人命令的事情。她说:"我不是严格意义上的女性。"但是,她澄清道:"我也不是什么女汉子。"她开玩笑道,一面用挑逗的眼神望着我。可是她父亲去世了,遗憾的是父亲没有看到她的胜利。胜利了吗?是的,当然胜利了。在这样的大学里教书,父亲知道的话,一定很高兴。父亲活着的时代,女子还不能进大学,她说道,好像在描写一支军队如何成功地占领了敌人的阵地取得了胜利。她笑了,是一种挑逗性的笑声,是个还让大人吃惊的小姑娘在笑。她比我小十岁,可是显得非常年轻。她的年龄难以确定,无法得知是正在离开青春期呢,还是刚刚开始成熟。

到了换乘站,我俩换车,寻找可以吸烟的车厢,那个时候还有这种车厢。她说,在大街上吸烟的男人越来越少。妇女走出办公室,不管别人看着怎么不顺眼,也要点上一颗香烟;然后附加一句:上天有一种恩典——礼物。接着,她说:也可以说,这是一种小小的恶习。瘾君子还是偷偷摸摸地吸毒。偷偷地养成坏习惯也不坏嘛。她太漂亮了,很难把她的模样跟说话的惊人语速联系起来。她身穿一套紫红色整身女装,剪裁完美,体现出她的线条,我的目光不由得在她的乳沟处打转转。莫非是不带乳罩?我挪动一下,打算解开这个问题。她动作迅速地整理围巾。她很迷人,性感,但不认为自己美丽,如同那些自认为有魅力的或者就是迷人的女子一样;这个想法把她们给耽误了。在艾达看来,美丽是表面现象,面对我这种企图剥光她衣裳的目光,她无奈地一笑。她用动词的现在式,嘲讽语气加强了她的魅力。说话的样子好像要在某些词语上加引号,有时甚至每只手举起两个指头成钩状,让人看到她说的话是有保留的。

到了佩恩站,她穿上粗呢长大衣,戴上绒帽。下车前,掏出小镜子照照,重新抹抹口红。我请她去喝一杯。我俩去都柏林音乐酒吧,位于曼哈顿上方,是我有一次闲逛纽约时发现的。我俩在吧台前坐下,从墙上的镜子里发现酒吧尽头有个区域几乎没有照明,有几对男女坐在黑影里。她心不在焉地望望四周,仿佛在看自然风景,在看一座废宅的荒园。有个表情阴沉的家伙在跟酒吧招待说一个他离不开的可恶女人。他醉了,或者是装醉,说起女人来又爱又恨。他说:"我不能离家出走,地下室有个作坊,我一生最美好的时光都是在作坊里度过的。"招待微微点头,看上去像是眨眨眼,一面给我俩斟上美国威士忌,在一个小杯子里加了很多冰块。在酒吧里斟酒的人都有能力跟哑巴进行一场有趣的谈话。艾达喝了一口威士忌,在思考什么。她在伯克利读博士的时候,与一个黑人女子合住,后者是黑豹党的外围组织成员,是个来自阿拉巴马州的美女,此前在很短的时间内参加过那个时期的种种革命:性解放,女权主义,毛派运动,种族革命,做心理分析医生,捍卫黑人文化,吃避孕药,做关于约恩·布劳恩的论文,此人是19世纪废除奴隶制的革命家;她跟黑人诗人勒鲁伊·琼斯[1]来往,打算加入穆斯林。她在一次反对越南战争的游行中被杀害了,年仅十九岁。她名叫阿西亚·摩根,本来打算改成舍雷萨德·巴拉卡,可是没来得及。艾达赶在警方搜查阿西亚住所之前收拾了阿西亚的物品。正当她不知道拿这些东西怎么办的时候,在一个抽屉里发现了一把手枪,于是急忙把枪装进手包,叫了一辆出租车,去了黑豹党在旧金山的总部。那是一座有半圆围墙的住宅,有小圆窗和一座大铁桥。她按了好几次电铃,最后看门人终于出现了。艾达把手提箱交给看门人,留下了可以找到阿西亚其余物品的地址。看门人道声谢,表情严肃地看看她,好像她是白人有错。艾达说,阿西亚把接触到的一切都一一美化;据艾达说,阿西亚天生的会爱别人;这位牺牲的姑娘曾经对艾达说,她是埃及国王的后裔。有时,她

---

[1] 勒鲁伊·琼斯(Le Roi Jones, 1934—),又名阿米里·巴拉卡,非裔美国作家,以反映美国社会种族关系的剧本而成名,代表作《二十卷绝命书的序言》《奴隶》《贩奴船》。

跟着阿西亚去波士顿黑人歌手的棚户区,那里是阿西亚参加组织活动的地方。艾达进了那里的酒吧方才意识到:美国国内有好几个国家,它们之间的文化是互相对立的。忽然,她停下不讲了,故事成了悬念,又看看大堂四周,微微一笑。她问:你不觉得这个地方很凄凉吗?是的。她说:咱们去别的地方吧!

艾达在村镇的布里克大街有一套单元房。两室一厅,照明很好,她宅在那里过着独立女性的生活。一进门,我就抱住了她。但是,她轻轻推开了我。她说:汉子,别着急。咱们来日方长。这不是真话。但是,我俩过了今夜,又过了次日的夜晚,好像这话不是预言,而是威胁。

艾达打开一银质小盒,里面有些玫瑰色药片,不知道是什么?兴奋剂?致幻剂?也许是伟哥吧?实际情况是,在接下来的几个小时里,我有一种猴子爬上了天花板空调机的感觉,从那里看见有两个赤身裸体的家伙,或者在床上,或者站在镜子面前,正在干着天底下的荒唐事。

此前,她说过,为了能说话就得上上床。她有个本事:能把私密感、超越肉体之外的信任感迅速确定下来。于是,我问她,上次从餐厅出来她对我说的那句话是什么意思。她说:跟你在一起,我热。她早就听烦了我说什么已经跟老婆分手了,还有什么我有些迷茫。要是因这话,那你不必担心,因为大家都迷茫,人人都跟什么女人分了手。

时间匆匆而过,好像我俩以前就认识,或者说以前就相爱过,忽然之间就在纽约这套陌生的单元房里相遇了。她的名字是一次行动,艾达就是上路,就是没有回头路的旅行,是给上路的人指路。也是指向那位奇怪的姑娘("她走了"或者是"走了一半")。另外,我母亲也叫这个名字……这话能信吗?这是我第一个学会写的单词。我母亲说道:"瞧!艾达。"她一个字母一个字母地读出刻在我祖父家大门上的"艾达"。

礼拜天夜里,我俩赶上了末班车,分别坐在不同的车厢里,因为她不愿意找麻烦。什么麻烦?我不愿意让教研室有说闲话的把柄。我不能找任何借口给她打电话,也不能给她写电子邮件。她是独立的女性,愿意做独立的女性。别干什么家庭妇女那种蠢事,或者虚假的同谋共犯。她说,这样最好,咱们就做地下情人吧。她总是爱开玩笑(跟我母亲一样),保持职业生涯之外的秘密嗜好。我在换乘站下了火车,从站台上看见她继续坐车向村里驶去;车窗上照出了她的身影,正在对着手镜梳头,描眉眼。

2

第二天,我在教师休息室里见到了她。我俩像在教研室相遇的两个教师那样用平常语气问候,丝毫不提关在村镇上单元房里的事情。她说话的口气和蔼可亲,有点讽刺意味,但是冷淡,这让我明白了:最好的做法就是适应校规:保持友好关系,保持距离,忘掉校园外发生的事情(就像摄影家常说的那样:忘掉镜头以外的世界)!

这是一个阴沉、多雨的下午。休息室里有咖啡和饼干,有报纸可看。那位俄国电影专家、在苏联精神病院拍摄过两部8毫米胶片试验电影的导演,坐在窗户附近阅读一份过期的《视觉和声音》。艾达微微颔首表示欢迎,然后走到年轻的卡拉马佐夫身边,告诉他有两个她的学生喜欢他课上讲的塔尔科夫斯基影片中的黑暗问题。很快挤到她身边的人有那位看不见身影的斯拉夫文学教授以及艾达研究生班上的几个学生。片刻后,本来是偶然相遇结果变成了一种政治文化讨论会。我们喝着咖啡,议论着铁幕和波兰文化中深奥传统的崩溃和破坏,一面等着夜幕降临回家。我一直留到最后,因为烦闷,还因为我觉得眼前形势一片暗淡。此前我的生活里有过类似的混乱,那是一次聚会上,我跟一个秘密约会的女子聊家长里短,与此同时,她丈夫转来转去给大家斟上红葡萄酒。当然了,这里没有丈夫,只是她嫁给了学院,如同修女嫁给了基督耶稣;总而言之,她要坚守自己的私生活,不管别人看着怎么不顺眼,仿佛真的有什么人在监视她和她真的需要时时刻刻都装假。实际上，她的确处于被人观察的位置上。她是个未婚女子，以钢铁般的意志维护着自己的名声；她知道性骚扰和政治上犯错误也能毁掉一个女人的前途，或者说更容易毁坏她的生涯；她希望事情这样发生：化装成妖精，夜里出门，找一个半生半熟的男子在绿荫密布的公园里，在夜幕的掩护下约会。双重生活是美国文化的组成部分，有许多参议员躲在暗室里化装成女人，结果被人发现了。这些参议员白天是众人皆知的英雄人物，到了夜间就变成了地下世界的女王（或者女奴）或者变成了不可战胜的超人（噢，简直就是巴特曼啊）！

我不给她打电话，不给她写信，按照约定，我俩不开秘密邮件账户，不涉及说过的事情：我俩信守她规定的双边关系的条款以及感情底线。

在这样的表演里，在这些编造出来的人物身上和极端的游戏中，有某种戏剧性，一种生活在两个陌生人之间的虚构。这是一个雨天下午的题外话，是对具体形势的抽象阐释。我在教师休息室里跟同事们交换看法和开玩笑，在这明亮和玻璃上流淌着雨滴的大厅里，我心里想，这是打算营造一种更加紧张和真实的生活啊。学院生活实在太封闭了，占据了太多的空间，给别样的生活体验留下的地盘太小了，为了逃避校规，应该建设逃亡点和秘密生活出路。正因为如此，才有那么多针对不当行为的管理、控制措施，才有一揽子道德规范和清规戒律。一天晚上，她对我说，专业成果越多，她就越发觉得自己有必要服从命令和低声下气做人。这是在大学吸烟室里的玩火游戏。

我俩在走廊里相遇，随便聊点什么，但是不交换眼色，不打任何同谋犯式的手势。她也好像生活在各自独立的系列里：朋友系列，同事系列，情人系列，学生系列，同一职业的熟人系列；每个系列的空间互不干扰。她是个美国姑娘：聪明能干，热情负责，办事井井有条；天一亮，她就在村里的林荫道上跑步，左手腕上戴着便携式氧气和脉搏测量仪，用来控制节奏。她天生能设立间隔，设立制动器，要想穿越这道保持她与世隔绝的无形玻璃墙,是不可能的。她过的是一种秘密生活,遵守安全规则;在另外一种生活里,她是教师,在教研室节日般的氛围里,她感到厌倦。

有个夜晚我记得很清楚。疲倦的微笑和生气的表情像闪电一样互相交叉、穿越,与此同时,我们喝着加州葡萄酒,三五成群在聊天,中间摆着大盘的咖喱鸡和金枪鱼馅饼。这个夜晚,艾达身穿一件凸显臀部的裙子,上身是带毛式衣领的白衬衫,和蔼可亲地在跟一个位同事谈话。我走过去,微微点头致意。此前,我多喝了几杯,心里明白自己的状态:开始在深渊的边缘上摇摇晃晃地走路了。但是,她让我跟一个面带愁容、系着黄色领带的陌生人说话。她自己到达马托身边去了,问问他家地下室深水池里那条白鲨活得怎么样。我在一旁望着她,很想要她,怎么能不想呢,因为脑海里不停地回想起我和她同床共枕的夜晚。

空气里流动着某种期待的气味,仿佛种种模糊的迹象都在预示着恶时辰的到来。我了解这种状态——或曰信念——但不确定,更像是希望,而不是信仰。这是对爱情、对处于受催眠状态下恋爱的魔幻想法,与一个你渴望得到的女人相连,你在愚蠢、固执、心情恍惚的状态下寻找她。为了摆脱这些错误的想法,我在图书馆里工作,消磨掉下午的时光。这是改变话题的上策。(这是我的朋友朱尼尔在布宜诺斯艾利斯时常说的:"既然咱们改变不了话题,那就改变现实吧。")但是,艾达的形象总是在干扰,最后我扔下手中的活,收拾一下书本,上街去了。艾达深谙插话艺术,稍稍动动手就可以挪动物体的位置,她就像悬念丛生的小说里的女英雄。她当然不是什么小说里的女英雄,我倒是愿意她为了改变自己的命运而成为英雄。

我上了轿车,驾车乱跑,没有固定方向。她为什么要走到一旁去找达马托啊?她去过达马托家,知道地下室那愚蠢的水池情况啊。那个时候,我没有能力去想别人关系的性质,因为只担心别人对我的态度怎样。我记得当时我走的是特拉瓦拉运河,甚至走了一段新泽西海岸,在海边的几处小小酒吧停了几次。有一天下午,我把车子停泊在大西洋城郊外的居民区里,跑进赌场,玩了轮盘赌,赚了好大一笔钱。回到车上,驾车在荒凉的街道上徘徊,这些街道是在浴场、海滨、旅馆区域的后面。这个居民区好像被轰炸过,有被烧过的建筑,被掠夺过的住宅,成堆的垃圾还在冒烟,流浪汉就睡在桥底下。几个年轻人,身穿牛仔裤,头戴风帽,坐在人行道上,面对一家药店,听着高音快板舞曲,叼着大麻烟,在打瞌睡。在另外一侧的大街上,那里属于拉丁区,有一座体育馆,名叫桑迪·萨德勒拳击俱乐部。

拳套打在沙袋上的声音,松节油的气味,拳击手有节奏的动作,都让我感到相形见绌,让我回想起刚到布宜诺斯艾利斯、住进阿尔玛格罗旅馆时的情景,那时我一星期去卡斯特罗·巴里奥斯大街上的拳击协会训练两次。拳击比赛的等级不按年龄,而是按照体重分类。那时候我是轻量级(62.3公斤),后来是次轻量级(66公斤),如今可能是中量级(72公斤)。

这里训练的拳击手是准备参加金手套比赛的少年,大约十四五岁。但其中有几个人要加强臂力当棒球快球投手。他们对准沙袋练刺拳和直击,为的是加强肩膀的力量和转身动作,方能按照每小时八十英里的速度扔出棒球而不拉伤肌肉。练习的程序遵守比赛的节奏:严格训练三分钟,休息一分钟。我一走进体育馆,有人看见了,以为我是来采访体育新闻的,纷纷过来给我讲他们的故事,告诉我他们是女作家乔伊斯·卡罗尔·奥茨[1]的朋友,她住在新泽西,写过一部关于拳击的作品,写得很好,大家都叫她奥利维亚,因为她长得很像大力水手波派的老婆奥利佛。

拳击教练是一位古巴老人,流亡者,他说他多次获得社会主义国家在莫斯科举行的拳击赛次轻量级冠军。他是黑白混血种人,安安静静,欣

---

1 乔伊斯·卡罗尔·奥茨(Joyce Carol Oates, 1938—),美国当代著名小说家,被誉为"女福克纳"。

赏基德[1]和苏格·雷·伦纳德[2]。他对我说，拳击上的风格取决于眼力和速度，也就是说，"科学地讲"取决于瞬间的眼力。要是我能有这样的眼力该多好啊！我就能看见灯火阑珊处的艾达了。她不在我身边的时候做什么呢？我与她在走廊迎面相遇的时候，她在想什么呀？她跟我说话的样子好像我是个来自一个遥远和混乱国家的陌生人。

我上了课，在普鲁斯佩克特之家餐厅吃饭，有时在靠近窗户的桌子旁边翻阅《小世界》漫画杂志，一看就是几个小时，心里想着也许能看见艾达从街上走来，拐向校园入口。果然，一天下午我看见艾达从我坐的酒吧窗前走过，几乎没有停步地向我打个手势，在玻璃窗外轻声说道，她要去我的办公室。片刻之后，她走到近前，低声建议周五九点在位于通向纽约高速路的一侧的凯悦酒店见面。俩人可以在大堂会合，然后一起过夜。

我俩分别驾驶自己的车子前往，见面的具体地点是旅馆的酒吧，里面有个黑人钢琴家在羞答答地弹奏着艾灵顿[3]的乐曲。旅馆很大，空空荡荡，可能是提供开会用，或者是提供给耽误了班机的旅客使用（附近有个纽瓦克自由国际机场），也许真的是地下情人偷偷约会的地方。

我用安特拉德夫妇的名字预定了一个房间；到了服务台，我只要随着驾驶证一道塞过去一张百元钞票，夜间值班的接待员就给我在来客登记簿上写了名字，他会给我两张房门磁卡。我说，我先去酒吧喝上一杯，等等我妻子。过了一会儿，她进了大堂，还是身穿那件灰色风衣。我俩上电梯，去了房间。房间不舒适，里面摆着白色家具，像是为经理或者自杀者准备的；但是，房门刚一关上，那就像一连串小动作停止了时间的脚步，因为我俩立刻重新找回在纽约她的安乐窝里体验过的亲密和紧张的感觉。

---

1 基德（Kid Gavilavan，1926—2003），古巴次重量级拳击世界冠军。
2 苏格·雷·伦纳德（Sugar Ray Leonard，1956— ），美国著名黑人职业拳击手，多次获得世界冠军。
3 艾灵顿（Duke Ellington，1899—1974），美国黑人作曲家，钢琴家。爵士乐史中最有影响的人物之一。

她喜欢秘密，喜欢在路边的旅馆里偷情。到了黎明时分，她先下楼。我在房间里等着，直到看着她穿过停车场上了轿车为止。片刻后，我离开旅馆，沿着荒凉的公路驾车回家。这时曙光照耀着庄稼地，村口处外来户建造的高高屋顶初上晨光。

这样的游戏，我俩重复玩了两三次，好像她在忠实信守协商的要点，信守充满激情和秘密的良宵，信守让我俩与世隔绝的保密措施，渴望重复卿卿我我的动作和甜言蜜语，履行规定的要求，严格遵守由我俩精心起草的义务和权力，她都高高兴兴乐意照办。或许可能我俩可以拉来一个陌生的第三者，我可以去大堂旁边的酒吧里寻找，或者去高速路拐弯处的公交车站上找个第三者，邀请他上床跟我俩过夜。她说，纽约有很多俱乐部，可以混进去找陌生人。在这匿名的黑夜里，她渴望独自带着幻觉和警觉与想象力一道翱翔。

后来，到了外面，一切重新变得麻木和疏远了。每次夜间幽会，一切都是老样子，但是换了语言和个人习惯。后来我明白了，她不仅是对我如此，而是在任何生活问题上，都非常喜欢秘密，一切都有反面，都有相互关联的客观世界，仿佛每次生活经历都是躲避一个无所不在和咄咄逼人的强敌。

不管怎样，在一定意义上，这个协定对我有利：我可以继续做我喜欢的单身汉，没有任何承诺、保证，只有对未来愉快夜晚的期盼。时不时地跟个美女在路边旅馆约会，总是重复初次见面时强烈的爱恋。不需要别的东西了，不愿意为日常情绪愚蠢地累死累活。她是对的，假如我俩把那强烈和暂时的私情置于残酷现实的照耀之下，那私情就持续不了多长时间。

因此，当我俩在会议上或者走廊里相遇，有一种莫名的幸福感，我俩跟别人在一起的时候，或者说上三言两语的时候——什么约会呀，装置呀，束缚呀，孤岛呀，这些在会议中间单独说给我的话，好像我俩私订的契约在平淡的行为方式中依稀可见。

这学期的多一半过去了，春假临近了。当然了，那个时期，我感觉自己天天在盼着跟艾达约会，在通向纽约路边的凯悦酒店旅馆楼上明亮、无特色的房间里共度良宵。那段日子，我像疯子一样，认为大家说的每件事都涉及我的秘密生活。

在周一的课上，约翰三世介绍了《水晶时代》。据他说，哈德森的这部长篇小说是乌托邦，它恰恰是在一个水晶世界里，不阴不阳的中性世界，是人间乐园生活的复制品，里面不分男女，没有欲望。约翰三世的界定是：乌托邦主义者不知道如何对付肉体，主张一个没有欲望的世界，因为性冲动是独立的，不管什么集体需要和利益，不考虑什么平等不平等，有时还会牺牲平等。约翰三世说，性快感不能社会化，不遵守对等原则。讲究节约。为此，乌托邦有直接否定性爱的倾向，因为没办法用民主的方式给性爱确立规矩。性爱乌托邦当然有的，但傲慢而专横。比如，柏拉图的《理想国》里用抽签的办法来选择性伴侣和改良种族；比如，萨德小说里胡斯蒂诺渴望讲哲理的奴隶制度；比如，巴塔耶生活里的逛妓院；比如，克鲁索夫斯基在贵族交易中拿肉体当货币交易。约翰三世在结束他这篇出色的介绍时，咬文嚼字地问道：能把这些由性爱安排的制度称之为乌托邦吗？

赖谢恩立刻把这一禁欲主义的安排与剥夺财产联系起来，她宣读了一封哈德森1884年的信："我不赞成您关于继续占有和把别人的东西据为己有的思想。如果有人给我一个杯子和一个小盘子来代替打碎的杯盘，我表示遗憾。越是不把我束缚在某个地方，我拥有的东西越少，我就越是感到轻松、自由。我想把这种轻松感与我的作风联系起来：我努力放弃占有别人物品的想法，我要追求光明。"

放弃全部财产，忘掉肉欲；伟大的先知（想想托尔斯泰就行）都歌颂穷苦、禁欲、非暴力的生活。赖谢恩最后说道：伟大的先知们颠倒了社会标志性的体制，无需多说，请看法国人的著作。

此话引起了大家的议论；就在学生们讨论和举出种种理由的同时，我在想下一次跟艾达的约会，脑海里闪出片片断断的图像——房间里的白布窗帘与别的旅馆的窗帘一模一样——怀着同样兴奋的感觉，夜间驾车行驶在高速路上，看到凯悦酒店旅馆入口处越来越近的照明路牌，想象着艾达这时在家里按照惯例在穿衣裳，然后披上灰色风雨衣，出门上街。

在那段日子里，我无法避免大脑整天围着与艾达约会转悠，脑子里的想法像闪电，像幽灵，仿佛我打开了投影机，把我和她既是主演又是观众的烧焦形象投射到心灵的大墙上。这样的形象是意外出现的，后来又总是出现；今天我对那段时光的记忆就是由这样的形象、发光易碎的材料建造而成的。

一天下午，我在自己的办公室里检查电话上的留言，或者回复电子信箱的来信。我正要去教研室找我的邮件，在走廊上遇到了艾达。她停下脚步，好像一直在等着我的样子。她进了我的办公室。我记得我俩还没说话，我就抱住了她，接吻；立刻我俩像在郊区车站候车室见面的逃犯，急忙商定周五约会。这面对面亲自商量约会的时间和地点，丝毫不用别的通讯手段（连个便条都不用），这有点荒唐。正如布莱希特[1]诗里所说："抹掉你的足迹！"那个星期五开始放春假，随后的一周没课。我俩可以在旅馆缠绵两日，其余几天在纽约度过。艾达先是把一本书和一些活页本放在桌子上了，这时正在外衣口袋里寻找什么东西。突然有人敲门。艾达迅速离开我身边。进来的人是约翰三世，他平静地问候我俩，立刻道歉说"对不起，打搅了"。艾达说，她正要出去，说着从我和约翰眼前走过去，出门了。走前，她说了一句：明天教研室会上再见。我和约翰谈了谈他在课堂上的介绍。这是我发现艾达留下的活页本还在桌子上，就极力吸引约翰

---

[1] 贝尔托·布莱希特（Bertolt Brecht, 1898—1965），德国著名戏剧家、诗人。

的注意力别发现活页本,好像艾达这些本子成了什么违禁品的足迹。其实没什么,就是康拉德一本著作以及下学期讲座的名单,还有一封学生来信,用医生开的假条解释缺课原因。

第二天,我参加了教研室全体会议。艾达已经到了,一副放松和出神的样子。我们一共六位老师,大家围着一张大橡木桌子团团坐下,房间很大,有落地窗。过了一会儿,达马托来了,我们开会。讨论的题目是开始日期、几个预算问题,一切顺利通过。我周围这些同事早就习惯掩饰内心的厌倦,但不掩饰无聊的态度,所以回忆能正常进行。艾达得到了她想要的(为邀请教授而需要的补充预算),不等散会,说了一声"对不起",就离开了会场。一分钟后,我紧随其后出了门。我说我想把些文件交给她,其实这是借口,为的是把预定的房间号码告诉她。我说,你有些纸和本留在楼上我办公室里了。她吃了一惊。那是昨天的事情。纸和本?对,一本书和一些小册子。不,下次再说吧。我现在不想拿着。她查过信箱了,给我看看书信和包裹,意思是说:手里放不下啦。她留在后面了。我望着她上了电梯,然后出了大门,去停车场拿车。

会议延长了一小会儿。结束的时候,已经过了七点钟了。我把东西留在办公室里,然后走下楼梯,不坐电梯,免得在电梯里遇到同事和说话。我累了,不大清楚晚上该怎么办。暴风雪越来越大。穿过校园,我从面对帕尔马广场的校门走上大街。大街一侧,在出租车停靠站旁,奥莱恩人(那个流浪汉)坐在一条长凳上,身披一块塑料布,在停车站上躲避风雪。此前,他弄到一台便携式收音机,很大,老牌子,用圆筒电池和大扩音器。他正在把耳朵贴在收音机上专注地收听什么。我发现他专门收听音乐,因为一有人说话,他就紧张,立刻换台。有时,他起身,或者是挪动收音机吧,为了收听电台预告曲而做战略调整。我在他面前站住,可是他冷漠地看看我;他也有他自己的时间表和自己生活的节奏啊!

第四章

1

  第二天,教研室来电话把我给吵醒了。主任要开会,请您马上过来一下,好吗?全体教师已经在中心办公室里集合了。室内的空气有些紧张和不安。主任达马托声音很严肃(也许过分沉重了,也许形势所迫而严肃)简单概述了一下发生事情的官方说法,好像在给我们宣读医院通知书。

  事情是这样的:艾达离开停车场之后,关于暴风雪的交通警报要求她绕行,她决定走巴亚德路,从南边路过小村子。没有任何目击者。而就是在那个地方出了事。人们发现艾达的轿车停在拿骚路尽头,面对着让她绕行 609 国道的慢行交通信号灯。她依然在座位上被安全带捆绑着,那姿势很奇怪,身子半斜,胳膊伸直,一只被手烧坏,好像是她在地面上需找什么东西的时候燃烧起来了。撞击或者是别的什么原因致死。右手的烧伤是这个案子最奇怪的标志。没人看见什么情况,没人听见什么动静。只有轿车本身发出的警报声,长时间地响个不停,因为交警技术人员不想改变死亡发生那一瞬间的任何具体细节。可是,某人死于事故的时候,能说"去世"吗?(艾达曾经开玩笑说:"咱们大家都会死于事故。")

  这个消息把我给打懵了。我只看到达马托的脸上在抽搐。看见他眼皮紧张地眨动,改变了他麻木的表情。他的右眼皮像白痴一样轻轻颤动。眼前这不真实现象都由细节构成,与此同时,我极力掩饰心中的震撼,像听音乐一样听着事情发生的材料以及伴随这些材料、令人无法接受的无用数字。在艾达轿车一侧的座位上,有几封没有拆开的信。难道还有什么人跟她在一起吗?莫非什么人袭击她之后逃跑了?要不然就是她昏迷了,无法控制轿车?事故发生的时间是 3 月 14 日星期四 19 点,她的手表指针就在这个钟点停转了。此前,教研室女秘书看见她进办公室取信,后来乘电梯下了楼。

需要把情况告知学生。课程就要停了,幸亏我们赶上了中间有个春假。晚报和下午的电视新闻会报道这个消息的,一场喧哗难以避免。主任请大家说话谨慎。别对报界发表什么声明。主任不希望大学闯入丑闻的风暴中。我们应该把事件限制在现代文化与电影研究教研室范围内。行政当局当然假设这是一场事故,正在调查嘛。主任停顿一下,然后说道:我受命通知大家:下午警方来人讯问大家。我们应该在自己的办公室里等警察传唤。(尤其是跟艾达老师同一个楼层的同事。)

过了一会儿,教导主任、物理教研室的汉弗莱博士来了。他为人坦率,和蔼可亲,有个癖好或者说是谨慎;他要给每位要求他接见的人拍照。也许是他退休的时候,可以回忆他接见过的人,或者是为了做个肖像摄影展。他望着文学教研室老师的眼神,像是看疯子和怪人,他们经常邀请一些外国名人讲座,结果谁也听不明白说的是什么。他说话的口气像是在预算委员会上发言,他说,应该压缩人文科学研究的经费。他巧妙地怀疑起那位死者。那位女老师、那位美女、孤身一人在忙些什么呢?她身边总是围着一群学生。她的学术成绩非常出色,可是关于她的私生活呢?大家知道怎么样吗?他要求我们与学校合作,准备春假后重新上课,请大家冷静下来。看来神经紧张的人是他。

2

两位警察来到我办公室的时候是上午 11 点,我有些忐忑不安,但是仍旧客客气气地接待了二人。我邀请他俩坐下谈，二人谢绝了。他俩有礼貌（可以说太有礼貌了，是那种包含着极端暴力、让人激怒的客气）。二人穿戴一样，只是一个短平头，一个留着时髦的长头发（盖住了耳朵）；二人都穿着黑外套、白衬衫，脖子上打着红领带；但是一个显得高雅些，另外一个打扮像个卖《圣经》的。后来我知道，高雅一点的那位是联邦调查局的特工梅嫩德斯；说话的那位是新泽西警察局研究中心的侦查员奥孔诺尔，办公地点在特伦顿。奥孔诺尔说：我的英语说得不好，让人感觉我的语气犹豫不决，不大令人信服。我想，您是林载博士（他把我的名字说得像天使般温柔）您从布宜诺斯艾利斯来……我想，您是应邀而来，发出邀请的就是艾达·布朗女博士。我们这里有一些您和她来往的电子邮件。当然了，我们的电子邮箱以及收听到电话录音和自动接收机上的信息都由您支配。这用不着讨论。我表示同意。奥孔诺尔说：谢谢您的合作。我很了解这类谈话，先是提出一系列问题，行话叫"给螺栓浇油"。警察显得很清楚被询问者的生活。被询问者用不着细说。警察觉得拿着我的私人书信是自然的事情。我很坦然，因为我和艾达从来不写工作以外的问题。

"您是她的朋友……"

"我是她的朋友、同事和粉丝。"我对警察说。"用英语说会更响亮些：friend, fellow and fan."

警察在搜集一场让当局担心的事故情况，因为没有直接目击人。她属于暴死，不排除任何可能性。警察让我看了一张轿车照片。我马上意识到，事故的概念太宽泛了，警方对此事有个更为复杂的假设：事故背后会不会有什么阴谋。警察含含糊糊在说：可能是自杀，也可能是他杀。奥孔诺尔笑着说，看到布朗教授之死没有在她的同事圈子里引起多大同情，他很惊讶，这应该弄明白。莫非同事们说了她的坏话？可她刚刚死了一天啊？当然了，他什么也没弄明白，仅仅收录了一个表明他和我的谈话是可信的。他对我说：我能告诉您的一切都是绝对保密的。（我怀疑"绝对"

二字。）那位联邦特工在我的办公室里转悠，看看图书，冷漠地浏览、浏览我在书桌对面的软木板上用图钉钉上去的纸片。他问我是否知道布朗老师有什么交往（这个词汇吓了我一跳）可以帮助破案，他没说明"交往"的具体内容。我立刻回答说：我不管别人的事。他好像有点找不到方向。可我没有被他吓住，我可是从阿根廷来的，知道跟警察打交道时该怎么办。但这时，另外一个警察改变了路数。

"老师"奥孔诺尔说道，称呼上降低了我的级别。"我听说黎明的时候您绕着村子走了一圈。"

"有时候我睡不着觉。可这没什么意义啊，是私事。"

"可能是私事，但并非没有意义。"奥孔诺尔看看他的笔记本说道。"在这种情况下，没有什么是没有意义的。"

这就是要给我来点压力。我了解这一套。至此，我说的话，他不再记录了，而是看着笔记本上的记录提一些问题，来证实他了解的情况。

"您经常失眠……"他看看我，笑道。"有人告诉我您有些……病痛……"他看看笔记本说："您的医生在阿根廷……阿莱斯特博士证明这是事实。"

此前，警方给阿莱斯特博士打过电话。他步步紧逼地说道，按照他的理解，我经常在布朗教授住宅附近转悠。这是肯定句，因此我什么也没说。他笑着看看我说道，有人看见我在布朗博士住宅附近兜圈子。我解释说，我住在马卡姆路，他很清楚，布朗博士的住宅在哈里森大街，因此只要我上街，有时候就要从她家门前走过。

他什么也没说。看看笔记本。他很敬业，一定要我知道，我想隐瞒的一切，他们都知道；他说，有可能警方会要求我写一份报告，证明一下关于这些事情或者所谓转悠的事情做出判断。看来讯问到此为止了，但是两位警察在门口停下脚步说：

"您经常去纽约。"

"能去的时候就去。"

"您住宿的地方是雷欧旅馆……"奥孔诺尔笑笑,看看笔记本,好像需要想起什么来。他说:"2月20日周末,您预定了一个房间,可是没住。"我要澄清一下吗?我看看警察,没有吭声。出于本能,我隐瞒了跟艾达约会的事情。但是,显而易见的是,警方发现了周末我和艾达在一起。难道他们也调查了我俩在凯悦酒店旅馆的事情吗?

警察对我说:"这几天您最好别离开这里。我们有可能还需要您帮助。"

我在电脑前坐下,打开电子邮箱,里面有个邮件,通知在校园的教堂里举行追思会。

挚爱亲朋们:

万分悲痛的告知各位:艾达·布朗女士于本周初去世了。她的追悼会将于3月22日星期四下午1:30在大学教堂举行。

您最忠诚的堂达马托[1]

去世了,过好日子去了。直到此时,我的精神失控,崩溃了。哦,是啊……我呆坐在办公室。窗户上有亮光。室内有这些图书。这是真的吗?无法想象她那受伤的身体。那烧焦的手,脖子上的皮肤,哦,是啊……黑夜里的天鹅……

我锁上办公室,穿过走廊,从古典语言教研室对面的楼梯下楼去。外面阳光明媚,这是一个冬日的下午,暴风雪后空气显得格外透亮。穿过校园向树林走去。路经几个网球场,那里有一些身穿白衣、短裙和绒袜的

---

[1] 原文为英语:Dear friends: I write to share some very sad news. Ida Brown passed away earlier this week. There will be a memorial service this Thursday, 3.22, at 1:30 pm at the Presbyterian Church in Campus. Best, Don D'Amato.

姑娘在玩球。我不知道是否能说您跟一位姑娘睡了几次就了解她（或者说认识她）。但是，我了解艾达的强烈感情，这就是全部。就是要去某个地方而不考虑回头路和不计后果。她的一切计划都没能完成，忽然间中途而废。再说了，她是那么年轻，想到这里就格外难过。她应该有个信号表明自己属于英年早逝的人。我在一棵橡树下的长凳上坐下来。忽然间，我想起她双手有个动作、一个小动作，手指放在桌子上，她感觉不安的时候就把手指，不对，只是指尖放在桌子上，这是个机械性的轻微动作。想到这里，我心痛，闭上了眼睛。我想到，她双手纤细，感觉眼泪在寒冷的空气里结成了冰。我在哭吗？打网球的姑娘们一看见我就停了下来。后来，她们用拳头敲敲网球拍，叫喊着互相打气，重新比赛。黄色的网球掠过空中，姑娘们动作灵活地跑来跑去。我有多少年没有哭过了？树上有只乌鸦，蹲在枝头的姿势像个黑暗的符号，在下午透亮的蓝天上，它是个黑点。这时，乌鸦抖抖翅膀，树上的雪花纷纷落在我脸上，让我的精神为之一振，好像是要把我从痛苦的日子里拯救出来——或者是要给我安慰。它不是诗人爱伦坡笔下的乌鸦，而是弗罗斯特[1]的乌鸦。它不能赋予痛苦什么意义，但是，我开始回想起来的诗句韵律和平静的音节，然我可以重新平静地呼吸了。

  路遇寒鸦 / 栖身铁杉枝丫 / 颤动羽毛 / 抖落我一身雪花 / 此情此心 / 为之变化 / 终日悲苦 / 化作飞花
  穷尽自己的话语也无法表达对她的思念。[2]

---

1 罗伯特·弗罗斯特（Robert Frost, 1874—1963），美国诗人，一生历尽艰辛，经历了幼年丧父、中年丧妻、老年丧女的苦难遭遇。诗歌中常出现孤独、绝望、死亡等伤感情绪。
2 原文为英语：The way a crow/ Shook down on me/The dust of snow/ From a hemlock tree// Has given my heart / A change of mood / And saved part / Of a day I had rued.

走出校园，沿着墨西哥人居住区的边缘走过，此前是黑人居住区，再此前是意大利人居住区，再再此前是爱尔兰人居住区。都是漂亮的老式建筑，有开放式回廊和宽宽大大的窗户。这里仍然居住着几位非洲裔美国老人，仅寥寥数人。大部分非洲裔美国人都走了，如今住着来自危地马拉、多米尼加、波多黎各的移民；区内还有土造教堂，墙上挂着用西班牙语写的服务项目以及国歌；祈祷词唱出来带有墨西哥腔调。噢，圣母马利亚啊！我走进教堂，跪下祷告。求上帝拯救你！圣母啊，您充满了恩惠。旁边有三位肤色黝黑的妇女在低声背诵玫瑰经文，听起来像是送葬的歌。基督与你同在，你在妇女中是有福的了。音乐般的祈祷声渐渐让我的心平静下来了。一个女人说出一句祈祷词，另外两个女人回答，像是合唱。这是悲剧结构：朗诵加合唱。做弥撒的仪式与圣餐和希腊悲剧传统有什么关系？只能这么想想，是不能说出口的，就跟战争创伤一样。祭坛很寒酸，上面坐着木制基督像和挂着一些绣花白布覆盖在铁桌子上。我起身，重返阳光下。

距离佩鲁索旅行社几米的地方，有家墨西哥商店可以给中美洲寄钱，那里出售长途电话卡和马拉多纳在 1986 年世界杯上的照片。一个受美国文化影响很深的年轻人正在跟一个姑娘聊天，他身穿露出肚皮的宽松长裤，戴着快船队眼镜，头上是纽约扬基棒球队标志的帽子。那姑娘——头发梳成红色鸡冠样，身披黄布斗篷，一条绳索系在腰间，脚踏德州生产的皮靴——笑得弯了腰，在评论什么可笑的事情，她那柔和的声音让我回想起艾达的声音。某人走了，最先遗忘的就是他（她）的声音。那天下午，我从公共电话亭打了几次电话，想听听她自动留言机里的声音："我是艾达·布朗。我们不在家。我无法接听您的电话。请留言，或者晚些时候再打。"我喜欢她说"我们不在家"。随后，她用第一人称：我无法接听您的电话。她的声音还在留言机里，她要是专门给我留一句话该多好啊！哪怕是一句"再见"，哪怕是一声"保重"，永远让那个喜欢的人听听。

我记得,有一天下午,艾达生气了,因为一个研究奇卡诺人[1]炭笔画、民歌和萨尔萨舞曲的计划立项了,但实际上没人关心奇卡诺人的生活,好像我们在课堂上讲授的内容与真实的生活毫无关系。艾达说:"我的同事们论述胡诺特·迪亚斯[2];或者论述 La Raza[3] 小组的演出,但是一离开教室,希腊裔美国人、西班牙裔美国人或者墨西哥裔美国人的影子统统不见了。"那天她说:"拉丁裔美国人适应了这里的食物和废物,他们浑身是脂肪。"(我心里想:"那可是我的脂肪啊。")他们在这里什么都干,法式餐厅厨房,爱尔兰酒吧地下室,露天加油站,图书馆卫生间都有他们的身影。冬天里扫雪的人也是他们。我记得那一次她还说:"我是艾达·布朗。我们不在。不能接待您。"那声音透亮、斩钉截铁、充满热情,我开始要忘记了。

在对面人行道上,在威尔斯彭街上,可以看到公墓,坟茔几乎堆在人行道上,还可以看到美国内战时期的墓碑以及从前的从前的墓碑。埃尔默、赫尔曼、波特、汤姆和查理在哪里啊?弱者、强者、小丑、酒鬼、好斗的人都在哪里啊?墓碑上给出了答案,给出了日期(1798 年 10 月 2 日出生),还有他们的照片或者画像放在浮雕上或者小小的玻璃盒里。照片上有年轻的面孔,吃惊表情,安详的微笑,白白的鹅蛋脸,放在镶了金边的玻璃框里,旁边摆着放了鲜花的金属瓶。她在哪儿?那名叫凯特、玛格、莉琪和伊迪丝的姑娘们在哪里啊?那柔情似水的心、那朴素的灵魂、那吵吵闹闹的脾气、那高傲的性格、那幸福的感觉,都在什么地方啊?一个身材高大的男人,表情平静,身穿工装裤和橡胶靴,正在用圆牙状草耙扫雪和清理坟墓。我像幽灵一样,在从树上漏下的腥龊光线里移动。那位

---

[1] 奇卡诺人:拉丁美洲裔美国人。
[2] 胡诺特·迪亚斯(Junot Diaz, 1968—),多米尼加裔美国作家,《波士顿评论》编辑,麻省理工学院写作教授。代表作:长篇小说《沉溺》。
[3] 与世无争的意思。

小提琴家琼斯在哪里啊?他一生(1912年10月7日)活到九十岁,曾袒胸露臂挑战寒冬。

在威瑟斯彭街与拿骚路的拐角处有家首饰店,那里的罗马表指针正是下午四点整。学生们走在大街上。这种生活的正常态我感到害怕,仿佛我是全村唯一精神不正常的人。我不能因为害怕可以看见的东西而闭上眼睛。那天夜里我和艾达准备去幽会的旅馆空房间,在我脑海里挥之不去。她死了……可是,搅乱了正常生活并且闯入任何情况的是性欲。此前,我从来没有和任何人有过如此浓烈的性爱。那又怎么样呢?我失去了她呀。还有那天夜里的空房间呢?凯悦酒店旅馆的灯火辉煌建筑依然耸立在空空荡荡的路边。

回到家中,已是夜晚,黑暗像黑布一样蒙住了窗户。打开电视机。银屏上在拍卖珠宝,画面上只有人手和小巧玲珑的玩意儿。人们打电话报价。六点半地方新闻开始了。银屏上出现了哈里森大街和艾达的住宅。一场交通事故造成著名女教授死亡……这时我听见有人在敲玻璃窗。是我的女邻居,俄国人妮娜。她没有电视机,想知道那死去的姑娘生前出了什么事情。她没有去过艾达家,不认识艾达。我和妮娜看了一会儿国内新闻。电视新闻里对事故的发生做了全面的回顾,提到了警方正在调查此案。警察正在一一讯问艾达老师的熟人。暂时的结论是事故,因为轿车漏油,一个火星引起了爆炸。但是,有几位观察家把艾达之死与国内别的地方发生的杀害学者和院士的案件联系起来了。警方不排除任何假设。我关掉了电视,起身给妮娜倒了一杯葡萄酒。

"警察来我这儿打听您的事。他们这么做是要让您知道正在给您施加压力。亲爱的,您没有杀害艾达,对吧?"妮娜笑着说道,为的是给我减轻压力。

我告诉她,我感觉有危险。

"危险?什么危险?"

"要是能说清楚,那就不是危险了。"

她哈哈大笑。忽然间,好像她的镇静和乐观给了我勇气,我说出了真相。

"我跟艾达在纽约有过恋情,可一直都是保密的呀。我估计警察一定也知道了。"

"有人看见您和艾达在一起,大概是在火车上看见的吧,就说了出去……警察不会逮捕您的,因为您是跟她上床去啦。很可能在监听电话,对警察来说,找到您的电话号码不是难事。警察对大家的事情都清楚。他们希望您知道他们掌握一切。"妮娜开心地笑了,她已经习惯了警察会用一些奇谈怪论来解释别人不懂的事情。1920年妮娜出生在莫斯科,1938年底离开俄国,是在她父亲被捕前不久。此前,由于她父亲是著名的东方艺术鉴赏家,被指控是日本间谍,被判处劳动改造。

妮娜认为有可能是他杀,故意装成事故。苏联特务经常用伪装成事故的样子杀害在国外生活的流亡者和持不同政见的人士。但是,有谁要杀害艾达呢?几个月前,在试验研究所流传着几种关于在大学里发生的系列杀人案的说法。大约两星期前,一个炸弹邮件杀害了耶鲁大学的生物学家。弥漫着一种令人不安的气氛,但具体情况无从知晓。美国联邦调查局当然不愿意这些消息扩散,免得发生恐慌现象。电视新闻的消息模糊不清。说话的口气总是"可能,大概,据估计"。没有具体内容。

妮娜说了一阵子,发现我心不在焉,猜想我需要休息。她说:想聊天的话,就来我家坐坐。微笑着做了一个友好表示。她走起路来,动作优美,迈着小碎步。如果需要什么,别客气。我早知道,她是寡妇,长时间一人在家,因此,如果我乐意的话,去她那里聊聊,喝杯茶,可能是一件高兴的事。

我年轻时有个口号：用第三人称生活[1]。可是如今我跌入回忆私生活的浑水中。我心里说，最好洗个淋浴，坐下来干活；我发现自己在高声说话；不仅是自言自语，而且还在照镜子、卫生间的镜子。里面是个裸体小丑，没睡好觉。淋浴器有两个阀门，右边是热水，左边是凉水；可我总是调整不好水温，时而烫得要死，时而冷得要命，只好走出浴盆，用力擦干身体，看上去像是面对卫生间的镜子在表演：一个充满活力的男子汉用毛巾猛擦身体。实际上，我有些生气。换上衣服，因为干净衣服总能让我感觉舒服一些。柔软的袜子，熨得平整的短裤，无可挑剔的衬衫。每星期两次来我家打扫卫生的女子，是人们常说"偷渡的女工"，她非法偷渡界河，没有任何证件。她是墨西哥人，名叫恩卡娜，她说住在"北边"[2]就像关在金笼子里一样。她父母在墨西哥瓦哈卡，圣诞节她回家，过节后再偷偷越境。有时候，她跟着"蛇头"一块过来，有一次，是从加州进来的。她总想着移民局的警察，一说移民局，就如同在说披头散发的巫婆，总是让她提心吊胆。一天下午，她哭着来了，因为她全日工作那家女主人——她称之为"美国佬"——当着"别人的面"羞辱她。她用手背擦擦眼泪。她的年龄没法确定，可能是二十四岁，也可能是四十二岁，就看她笑不笑了。擦干眼泪，好像恢复平静了，对我说：她也有她感到自豪的东西；随后，笑着，解开工作服，露出里面的衬衫，上面绣着切格瓦拉的像，那类型是老百姓心目中的英雄，是为争取墨西哥自由而斗争的明星。她一动不动地站了片刻，这个矮胖的女子，年龄难以判断，模样像阿兹特克雕像，工作服里拥抱着切格瓦拉。她告诉我，这T恤衫是墨西哥蒙特雷市加工厂手工制作的，一个在美国劳伦斯维尔加油站工作的亲戚在销售。

---

[1] 与世无争的意思。
[2] 指美国。

我之所以记得这个故事，因为我也需要勇气，准备战胜即将到来的麻烦。人应该前进，就是想哭，也要偷偷哭，应该抹掉那一连串的意象：艾达那辆轿车，已经被黄色安全带隔离在巴亚德路的拐角处，附近就是帕尔玛之家的大墙，我在电视上已经看到了。还有她走进房间的样子。还有她解开风雨衣让我看看那天夜里如何穿戴的轻佻手势。不该想下去了，已经想了很多了。我动手翻译罗伯特·弗罗斯特的那首诗歌，看看诗句的韵律能不能帮助我好好呼吸。这个弗罗斯特冷若冰霜，他让人感到彻骨的寒冷，冰凉得像块石头，像大理石，死气沉沉。弗罗斯特也很脆弱，易碎，易裂，娇气，是一层薄冰，不见形影。Dust of snow 就是雪花，就是雪晶体，就是冰粉，悄悄落下，就是钻石粉，就是雪针；a snow crystal 就是小小的雪晶体，就是冰雾，就是雪粉。The way a crow 就是一只乌鸦的状态，它存在的方式。Shook down on me 就是让雪花落到我身上，就是在我头上抖动羽毛。The dust of snow 就是雪花。From a hemlock 就是从云杉枝桠上，就是从树上。Has given my heart 就是对我的心脏有影响，影响了我的心。A change of mood 就是心情变化，换了一种情绪，新的心情。And saved some part 就是拯救了一部分。Of a day I had rued 这是让人伤心的一天，难过的一天，痛苦的一天。也许都用第三人称比较好些。一只乌鸦从云杉之上，摇落雪花，纷纷落在他头上，给他带来了好心情，尽管他的生活垮了。

我躺倒在床上。忽然回想起我父亲去世的时候我的生活状况。回想起我父亲去世的时候我做了些什么。我就是一个丢了好嗓子的女歌剧演员。就是换了心绪。但愿今晚别失眠。心想，但愿再来个发牌人。在旅馆的那个房间，落下来的窗帘。穿黑西装的几个男人正在出示证件，接着提出问题。那房间是预定的。需要不在犯罪现场的证明。谁不需要这个证明呢？床头桌上的夜光表指示：几乎是半夜了；冷得厉害，像是在水下。赌博的人输光的时候说：输到海底下去了。那家旅馆有赌场吗？艾达站在街口，身穿那身灰色皮大衣，在吸烟，一动起来，我看见了她大腿。不能等了，也睡不着了。下楼到车库，把车子开到街上。街道上一片荒凉，村子一片死寂。交警驾驶着微型车，监控着路况。我超过了他，三拐两绕，上了通向纽约的高速路。一片孤寂的景象。远处一家酒吧灯火闪闪，路旁有个发亮的招牌，一家小餐馆，一座无人的治安亭，公路上没有车辆。前方是一号线出口，应该开出一英里，上桥进荷兰公园，再下到那家旅馆的停车场门前。我有预订房间的号码，在停车仪表盘上按下341，栏杆抬起来了，可以通过。车道螺旋上升，我终于把车子停泊在车场三层，旁边有两道白线，墙壁上写着房间号码。

服务台那里，有个身穿黑色西服的男子在核对预定信息，他漫不经心地看看我的证件，把钥匙给了我，这一次不是磁卡。我请酒吧给我的房间送上一瓶威士忌。房间不是上次那个房间了，显得老派或者说贵族气派，窗户上挂着红色天鹅绒窗帘。墙壁上装点着狩猎的场景，家具无特色，基督像上有空调。电视机放在一个带钥匙的安保箱里，小吧台上摆了几个小酒瓶，一张大号床，红色床垫。一切原封未动。显而易见的是，建筑是通用的格局，让常来常往的客人摸着黑就能找到卫生间或者照明开关。门童给我送来一瓶威士忌和两个酒杯。您一个人吗？要不要找人陪一陪？他问我。我不喜欢他那副自来熟的样子。我们这里有陪伴服务。我给了他二十美元。他给了我一个电话号码。接电话的是一位女士，言语谨慎。她问我：您需要什么？我说：可以提供什么啊？应有尽有。我说，要个金发美女吧。网络上有照片，您可以选一选，我给您口令。用不着，我说，来个金发美女就行了。她说，她叫胡斯塔。什么？胡斯塔，她的名字胡斯塔。挺随随便便的一个名字。我等她。房间的墙壁上有流水的声音，好像是暖气完全打开了。过了一会儿，门铃响了。姑娘真是金发，身穿黑色衣裳，高跟鞋。像是半个亚洲混血儿，皮肤雪白。她说："我叫胡斯塔，白肤金发女郎。谢谢您选了我。"她用两个手指摸摸我的嘴唇，像是给我涂口红。她说话鼻音很重,像小孩子说话。黑眼睛,很美,一只眼睛活泼好动,一只眼睛没有表情;她右手像是白色金属制成。她不停地用袖口遮盖手掌,绸缎袖口上少了一个纽扣。她说,寻找快速路的出口浪费了好多时间,不然的话早就到了。她使用动词虚拟式与过去时,她选词造句的方式很奇怪,因为这种动词形式只用在西班牙语里,英语里是没有的。西班牙语里有,难道英语里没有吗?我想,要是这么闲聊下去,事情就糟了。于是,她去了卫生间,她说,是"冲凉",那口吻让我觉得好笑和崇高。此前,我从来没有花钱招过妓。可以说,从前我来旅馆是找心上人的。前两次来这里就是出于同样动机。就算是不在犯罪现场的证明吧。我感觉孤单,本可以对警察说,我是外国人。我来自布宜诺斯艾利斯。可这个情况他们早就知道了。热空气让我昏昏欲睡。卫生间的门开了,美人是裸体的,但是脚上穿着高跟鞋,她站在门槛处,刺眼的灯光照着她。她用西班牙语问我:"喜欢吗?"她腹部有块红色伤疤,阴毛刮掉了。我起身朝她走去。沙发上有只活泼好动的乌鸦。鸟喙扎在翅膀里,但是一只眼睛盯着我看……夜光表上是清晨 5 点零 3 分。心想:至少可以打个盹。我醒了,是在床上,脸朝天,出了一身汗。莫非我梦见了她?想不起来梦的内容了,只有片片断断的场景,341 号房间,一个金发美人。梦里做了什么?梦境模糊了,但是,感觉肮脏和恐惧。我走到窗前,天亮了。我看见旁边花园的尽头妮娜在照看植物,她呼出的气息在透明的空气成了白雾。我感觉身后的房间里,远处的桌子上,那只乌鸦扬起了翅膀。

第二部　俄国女邻居

第五章

1

现在我回想起那几个月来，我认为，如果我还算相对清醒，那是多亏了我的俄国女邻居妮娜·安特罗波娃。我和她的多次谈话有镇静作用，好像妮娜的运动速度与那时候急急忙忙的人们没有关系。那时，我跟艾达一次又一次约会，我在教研室走廊上最后一次看到她，她左手拿着信件，肩膀上挎着帆布包走远了。是左手吗？可她就是左撇子啊。那为什么在车里，根据警察画的草图，她却是伸出右手在地上找东西呢？妮娜说："噢，亲爱的，事情不是你理解的那样。"

跟妮娜谈话像是有意帮助我离开身陷的迷雾、陀思妥耶夫斯基式的迷雾。好像她快速给我讲述的生活史以及精彩的谈话，让我回想起旧时代、在乌烟瘴气的房间里的政治聚会、那些在工人区里从事工运和计划净化世界革命的热情姑娘们；一切光辉灿烂似乎都存在于妮娜音乐般、平静的声音里。

在那段日子里，我听见大街上有人说这么一句话，我认为是在说我。（"那人身穿蓝衣裳。"）我生活在一个一切都有一层神秘意思的世界里，每个表情或者每个细节都有一个只是对我来说才有意义的位置。妮娜耐心地听我说完，然后就改变了话题，好像仅仅是要帮助我治疗创伤和活下去。她宽宏大量，一而再再而三地回到俄罗斯岁月，仿佛我们在说：是的，我们经历过光荣时代，经受过伟大的悲剧生活，发表过热情似火的演说,体验过由我们革命英雄实行的大规模镇压活动;私人问题不能用来诉苦,因为心里不能装私事。她母亲很早就去西伯利亚一个穷村,为的是距离她父亲的劳动营近一些,最后父亲死了。我对她说,我们也一样,历史和恐惧拖曳着我们前进,我能理解您说的话。她对我说:"噢,是啊,一切都能理解,就是不能理解革命暴力和胜利的兴奋。"说着小心翼翼地把一颗香烟放在白色的烟嘴上,好像这对于保护肺部是有意义的。她快八十岁了,距离死亡比我想象的要近得多,但是,动作看起来充满激情,不减当年。

妮娜在第二次世界大战德国占领期间躲在法国,为《新法兰西评论》杂志的作家们照看孩子(给杂志主编、著名文学家、评论家让·勃朗的子女当保育员),与此同时,她自己化名尼克莱·贝尔基耶夫撰写关于《托尔斯泰青年时代》的论文。1950年,她离开巴黎,来到美国。妮娜说:"我离开那里是因为忍受不了法国解放后左派那股气势,比如,萨特、阿拉贡以及其他蛮横的家伙,他们为俄国发生的镇压进行辩护,说什么老布尔什维克客观上帮助了敌人,但不是他们的本意。萨特在《圣热内》的结尾处写道,布哈林、共产党优秀的理论家和思想家和世界主义者,不是牺牲在斯大林的迫害下,而是因为他背叛了革命,坦白之后受到了惩罚。他受尽了折磨,说是要枪毙他,非要他承认莫须有的罪名,那个年代,当左派不容易。如今左派也难。"妮娜说:"亲爱的,我是俄罗斯人,我不可能当改良派。"她用俄语特别强调"改良派"三字。她坚持认为,沙皇及其余党要对俄罗斯的灾难负责,革命是一团火,首先烧掉了自己的英雄,接着就吓坏了全体人民。在她登上去芬兰列车的黎明时分,她明白了,整个世界随着空空荡荡、昏暗灯光下站台上她父母的身影一道留在身后了。自从离开俄国以后,她就带着嘴巴上的烟灰气味一道过流亡生活了。

到达纽约时,她口袋里有七十五美元和她写的托尔斯泰传记第一卷,还有就是重新开始生活的决心。她还记得托尔斯泰伯爵的女儿阿雷桑德拉的威严身影,她领导着一个专门帮助来美国的苏联流亡者基金会,那天她站在纽约港的码头栅栏外焦急地等候妮娜出关,与此同时,移民局的警察用一大堆污言秽语拷问妮娜,码头上的人们渐渐走光了,最后她拖着没有什么东西的箱子入境了。

凡是能想象到的工作,妮娜都做过,在拿到新泽西一所学校的俄语教师岗位之前,她受了两年折磨。1960年具有里程碑意义的托尔斯泰传记第二卷问世了(书名是《小说家托尔斯泰》),她获得了大学斯拉夫语教研室文学教授的职位。在这里,她结识了俄国地理学家阿尔贝特·奥斯特洛夫,二人结了婚;她丈夫在传奇式的试验研究所研究月球火山分布图。但是,敬爱的阿尔贝特去世了,如今孤独一人,已经从教学岗位退休了,终日没完没了埋头撰写托尔斯泰晚年的生活。

我们在她家,在她的工作室里,那里有面朝花园的高大玻璃窗。妮娜开始在工作室内踱步,室内有好几张桌子,上面摆满了书籍和纸本,还有圣像和老式家具。对她来说,糟糕的是没人跟她说俄语。她自言自语。有时候,她就面对着圆形鱼缸里静静游动摇头摆尾的金鱼朗诵普希金的诗歌。她告诉我,有一阵子来所里一位俄国数学家。可是,此人拒绝说俄语,他跟大家都说磕磕巴巴的英语。妮娜想方设法邀请他去大学餐厅吃饭。她准备说说俄语,可是数学家死不开口,闹得妮娜吃饭时东拉西扯感觉十分尴尬。直到午饭要结束时,数学家站起来,用俄语气哼哼地问道:"难道您相信妖魔鬼怪吗?"接着,穿过餐厅,大步流星地走了。

据妮娜说,这种用神秘主义把一切可以理解的事都上升到问题层面的倾向,是俄国人的毛病。妮娜说,也许这个妖魔鬼怪的说法就很奇怪,说完她哈哈大笑。那倾向就是长篇大论的说些伪哲理、让人费解、但是激情四射的东西,或者仅仅一句话就颠倒了谈话的一般意义。你要是不说俄语了,过一段时间再听俄国人讲话,那就听不懂他们说什么了。议论具体问题时,其中最简单明了的事也总有神秘兮兮的派生物,结果闹得什么也不明白了。传达这种信息的最后结果，由于离开了提出问题时简单明了的内容，就是把意义拔高到远离日常生活的程度，那内容也就完全消失了。这可以解释俄国作家的倾向——从果戈理到陀思妥耶夫斯基和索尔仁尼琴——喜欢长篇大论和议论宗教话题。她微笑着说，也是俄语带着他们走向深刻。

俄语喜欢表达神秘主义的倾向，是一种本体论不完善的表现，在别的印欧语系里没有出现过。表示动作的动词和表现个人感觉的动词在斯拉夫语的应用中有着严格的内在联系。关键问题是，在俄语里没有表达西方思想感情的类型学术语。无论说什么都是激情和极端。"下午好"里不带威胁的口气是不行的。因此，翻译俄语实在太困难了，纳博科夫在他灾难性地翻译普希金的作品时就掉进泥坑里去了。纳博科夫很狂妄，又是个性情中人，他以为逐字逐句地翻译《叶甫盖尼·奥涅金》就可以传达出俄国诗歌激动的声调。不可能啊！要想听到俄语里那充满神秘主义色彩的神秘音乐，就必须读俄语。

随后，她说，托尔斯泰是我们最伟大的作家，因为他为克服俄语这个弱点而斗争过，妮娜说，托尔斯泰在斗争中发现了"陌生化"。这个魔术般的小词没有翻译，我们可以说它是"距离感""陌生感"，甚至可以按照弗洛伊德的说法，是unheimlich(德语：阴森森的感觉)，或者说desfamiliarizacion(非习惯化)。这是为了让人们看到俄语的光辉而改变了一般意义的歪曲。托尔斯泰使用了这种方法，让人看到了这一光辉。托尔斯泰是位杰出的小说家，他的风格里困难丛生，毫无优雅之处，因而受到批评，很多人说他写得不好（不如屠格涅夫）因为他追求医治俄语身上的毛病、形而上学的毛病。他改造了俄语写作的方式。没有托尔斯泰，就不能理解曼德尔施塔姆、阿赫玛托娃和斯克洛夫斯基。他实践了这样的写作方式，找到了光明，优美的视角，不说精神负担就说出了那种视觉的细节。

托尔斯泰为反对死刑做过斗争，他写过一篇记事文章，说的是一个可怜的农民纵火犯被执行的经过。那场面有绞架，刽子手，由于被绞死而紫色的面孔，令人痛心的惨状。托尔斯泰与别的记事文学作家的做法不一样，他集中描写那个送水的仆役，他送来一桶肥皂水，为的是泡湿绞索，让绞索轻而易举地套在犯人的脖子上。这个细节描写解决了一切形而上学的问题，让人们感觉到官僚们制造的行刑恐怖气氛，这比陀思妥耶夫斯基对待被侮辱与被损害人们的祈祷方式要好得多。

　　妮娜吸烟，喝茶，吸烟一支接着一支，喝茶一杯接一杯，从银白色的俄式茶壶倒进绿色的茶杯里。她走到窗前停下，阳光照在她那半蓝色的头发上。托尔斯泰反对俄语中那魔鬼般不可驯服的深刻性，描写形而上学外壳下的细微之处，这样就回避了俄语中宗教晦涩深刻的陷阱。他真正的弟子是维特根斯坦[1]啊！不能说的不说。

　　她在窗前停下，不说话了，好像是用沉默来表达想对我说的话。冬天的阳光柔和地照到窗内。一群松鼠从公园的冻土上跑来跑去寻找食物。

　　"这里松鼠很多，因为没有野狗。"妮娜说。"或许应该进口野狗吧。"

2

　　我不能不想旅馆里那个空房间，不能不想那里面的家具和毫无特色的物品布置，不能不想艾达那条珠罗纱头巾盖在床头灯上，留下了一道暗红的影子。这是对那家旅馆的痴迷啊！艾达裸体走出卫生间，适合结婚的阴阜，线条柔和的大腿。一天下午，我痴迷于梦中清晰的意象，去车库取车，绕着村子兜了几圈，穿过树林，上了一号线，再次去凯悦酒店旅馆看

---

[1] 维特根斯坦（Wittgenstein, 1889—1951），奥地利、英国籍著名哲学家，数理逻辑学家、语言哲学奠基人。

看。酒吧间里，那位钢琴家还在演奏埃林顿的曲子（*Sweet Georia Brown*，甲壳虫乐队首演）。我登上五楼，在一模一样的房间里过了一夜。没有别的地方能让我感到安全，或许像我年轻时多次干过的那样，如果待在那个无名的小房间里，我可以动手写那个费力气的故事。于是，我就在那里开始整理这些笔记，开始努力填补空白和记录下细节和回忆，让我那几天的生活找到某种方式（旅馆里房间无特色的匿名方式）。我心里很平静地在想，这可以是不在犯罪现场的证明嘛，假如警察发现了我这里预留的房间，我可以跟他们说，我时不时地要去旅馆，闭门写作。

我就这么办了。把桌子放到窗前，下面就是公路，我看见汽车像萤火虫似的川流不息。一切都与艾达紧密相连，与她共度的良宵相连，与我俩的谈话相连，有时让我觉得听到了她的声音，好像看到了她面对镜子的裸体；几个星期以来这些意象就在我脑海里萦回。我开始写12月那第一次她给我打电话的事，因为有几天她没有我的消息，结果她发现我在布宜诺斯艾利斯。

黎明时分，我驾车沿高速路开到华盛顿路转盘广场出口处，悄悄回到了村里，还是有跟艾达约会后那种奇怪的感觉。为了给自己的行为辩解，你可以给自己周围编织一张蜘蛛网，而正是这张网最后要了你的命。

3月中旬，经过期中考试停课的一周之后，我们又重新上课了。一切都维持在一种非现实的感觉中，仿佛艾达的不在迫使我们假装平安无事的样子。一群毕业生在约翰三世的推动下，联合签名上书大学领导，要求说明艾达老师案件的进展。但是，校方回复说，一切都在司法机关掌握中，警方已经结案，定性为"疑似事故死亡"。这就意味着，如果有新因素进入警方的认知范围，也可能重启调查，但也在暗示：这可能是一起自杀。这个定性让老师和同学非常愤怒。简直无法想象艾达会去自杀，我很清楚这一暗示与事实真相毫无关系。大楼的走廊里，人们议论纷纷。但是，今天我重读那个时候的笔记本，发现是妮娜第一个推测出事情发生的原委。

只是报刊上一些孤立的短讯让人联想到,在发生的一系列连环怪事中,可能包括艾达之死。

据妮娜告诉我,几周前,耶鲁大学一位教授死于非常可疑的情形,这位教授在分子生物学研究方面很有名气。(生物学教授之死与英语文学女教授、康拉德问题专家的车祸之间能有什么联系吗?)

妮娜用嘲讽的口气说道:"也许教授之间在互相厮杀吗?"她在俄国多年学会了冷嘲热讽的本事。妮娜很了解学术界,认为学术界是比越南沼泽地还要危险的热带雨林。学界人士很聪明,很有教养,但是到了夜间会梦想着可怕的复仇行动。她走过了所谓学术生涯的各个阶梯,很清楚多年在一个大学教研室里共事的人们之间流动的火气和仇恨。会出什么事呢?等等看吧。她唯一掌握的准确材料就是艾达从她邮件箱撤回的信件。能弄到那天大学邮局收信清单吗?妮娜说,如果咱们掌握了这个情况,就可以知道是谁给她写了信。还可以知道寄信的人是谁。可以知道他们手里是不是有木匣和包裹。我怎么不记得了呢?或许有美国全球快递公司的大信封嘛?或者联邦快递的包裹呀?妮娜兴奋起来了,她对艾达散会后分分秒秒的活动做了重点推测和种种假设,艾达如何走进教研室,如何跟研究生班的女秘书谈话,如何跟我约会。那是几点钟啊?那么,如果事故发生在19点,那所有的事情就发生在二十分钟之内。她说,有时候定时炸弹就在你撕开外包装纸的那一瞬间就响了,有时候定时炸弹会安装在挖空的书里。

有时候,妮娜很沮丧。她问:一个人不管他多么精明又能知道什么呢?明显遭到歪曲的情况内部复杂联系、种种说法和异议,都是我们想象中不能理解的难点。如今决定人类命运的已经不是上帝了,亲爱的,而是别的力量,它制造出决定生活道路的种种圈套、阴谋诡计。可是,你别以为这里面有什么隐藏的秘密,一切都是明摆着的。

3

我已经中断了跟阿根廷的联系,好像那边没有留下什么。时不时地去图书馆看看迟到的报纸,想找找在布宜诺斯艾利斯丢下的声调。想看看那边在上演什么影片,有什么展览,天气怎么样,政治局势有没有变化,但是我的心情十分冷漠,好像看到的内容是发生在遥远的过去,好像我是生活在一个同样遥远的时代。我在军事政变发生前的几个月就辞去了世界日报的工作,在萨米恩托大街我的单元房里闭门两年之久,我在创作一部长篇小说,小有成功(在布宜诺斯艾利斯这是经常的)。但是,从那时候起,我的生活停止不前了。有一次,忽然想开车去布宜诺斯艾利斯省南部的空旷海滩转转。车子陷在泥沙里了。开不出来了,因为挖沙的时候,车轮周边冒出水来了,与此同时,涨潮了,海水咄咄逼人,要把车子卷走。最后是当地老乡用两匹马拉动了轿车,好像我是在搁浅的船上。

有时候,我甚至想,假如我留在布宜诺斯艾利斯,我的生活会怎么样呢。也许能跟前妻破镜重圆,或许能让楼上的女邻居玛尔卡莉塔开恩,可以肯定我的生活还是在原地踏步,还是为文学副刊撰稿,还是跟朋友们在和平酒吧间聊天。

在一种生活和另外一种生活之间,可以找到平行点、内在联系、外部接触和关系。这双重联系保护我不去真的回忆什么。有时,朋友们给我发来的信息帮助我回到了现实,他们给我些电子邮件,给我在教研室的电话留言机上留言,电话号码肯定是从大学电话簿上查到的,但是,我都不回复和回答。留言录音上说:"嘿,埃米利奥,你好吗?我是朱尼尔。给我打电话!"真奇怪,干吗要找我说话?我感到好奇,可是并不回答。甚至有好几次,我收到几位朋友的来信——他们是阿妮塔、赫拉尔多、海尔曼——他们用的是老法子:通过邮局寄信,看看我能不能收到。但是,这些信我没有打开。我还收到前妻克拉拉寄来的两封信。也没打开,但是回了信,因为能想象出来她的话,错不了,我知道她希望我说什么,虽然那时候我和她形同陌路人(尽管我俩共同生活多年)。

我给我母亲打过两次电话,她跟我弟弟一家人住在加拿大。我答应她去加拿大看望她,尽管她和我都明白我是不会去的,但是这话还照样得说出来,这是遵守一种我们已经忘记的表示感情的规矩。第二次我给母亲打电话,告诉她我结识了一位姑娘,她的名字跟我母亲的一样。我母亲笑了。我记得母亲说的话跟艾达说过的一模一样:太荒唐了,那边有那么多女人往来。没人喜欢别人也叫他的名字,如果熟人里有人也叫伦西,我会很生气的。母亲说,不会有这样的事,我也不喜欢,接着她就换了话题。母亲说:"你弟弟他很好,在海边买了房子。孩子们在学吹笛子和拉小提琴,开始在学校里玩足球了,他们总是打听你。"

4

快要上课的时候,我听见走廊上传来了嗡嗡的说话声和笑声,只要准备进教室,总能听见这样的声音;我心里想,学生们已经知道了我脑海里想的一切,他们的情报网和议论网络真是无懈可击。那笑声是冲我来的吗?我把孤立的事实联系起来,好像万物皆有联系的感觉,是才思敏捷、有洞察力的标志。我想,狂人就是这样思考的,这时夕阳斜照在图书馆的走廊上,馆内的各种图书恰巧形成一座博尔赫斯小说里一眼望不到尽头的建筑,在博尔赫斯看来,也是万物皆有联系,世界符合鬼神发疯的逻辑。

一天下午,我正在验证我的直觉是不是有道理的时候,奥孔诺尔警官来了,随行的还是上次那位神情忧郁、戴着快船牌墨镜、头发又硬又直的侦探。他俩在教研室门口等着我,好像是要人们看到我仍然是犯罪嫌疑人。我不愿意让下课的学生们看见他俩在等我,可这恰恰是他们的企图。

奥孔诺尔警官告诉我，艾达老师的案子已经结了，我可以自由走动了，但是还有两个问题需要跟我谈谈。于是，他把那位戴着快船牌墨镜的家伙介绍给我说，这位是约翰·梅嫩德斯，联邦调查局特工。奥孔诺尔看看他的记事本，透露说，的确正在调查几所大学里发生的系列杀人案。艾达之死像是事故，看不出艾达属于系列杀人案之列，但是，有两个问题需要澄清一下。他们获悉艾达经常光顾凯悦酒店旅馆。我明白这样的暗示意味着什么，因此我什么也不说，等着他俩的下文。去年年底和今年1月，艾达去过那家旅馆几次。您不知道吗？我那个时候在阿根廷呢。对，这他们清楚。可是她从前没有提过在旅馆的约会吗？至少没跟我提过。我不知如何是好。莫非他们知道我俩见面的事？他们不说是要看看我的反应吗？奥孔诺尔说，她住旅馆是因为第二天一大早要去纽瓦克国际机场坐飞机。这就是全部问题？不、不，还有出车祸的那天夜里，你俩在走廊相遇的时候，您没给艾达老师什么东西吗？女秘书从她办公的地方看见我俩在谈话了。我说，什么也没给。本来是在开会，后来我离开了，刚好在走廊上遇见了艾达。但是，她手里已经拿了从教研室取出来的信件。你们拿到了这些信件的清单吗？梅嫩德斯特工低声说，我们也提这个问题。他好像在说悄悄话。我说：好极了！对不起。我得继续工作了 。奥孔诺尔说：对，当然了。临走之前，他建议我去治治心理紊乱，做个常规检验总是有好处的嘛。两个警察走了，沿着走廊远去，像是掘墓人。这太奇怪了，我感觉他们有意告诉我：他们知道了艾达去旅馆的事。就是这事吗？为什么艾达在我来到这里之前去过凯悦酒店旅馆呢？于是我明白了警察总是用这种方式在案子的嫌疑人里面散布怀疑和烦恼。从前艾达单独一人夜间去旅馆，难道是真的吗？或者仅仅是提醒我警方掌握了我和艾达约会的情况？我再次感到惴惴不安，回家前我驾车兜风，为的是能够平静下来，开车能让我镇静，我驶向费城，不走高速路。走辅路，走树林，走村落。打开收音机，听听新闻和天气预报。随后，播出了鲍勃·迪伦的歌曲。开到路旁一个叫劳伦斯威尔的村镇，下车吃饭，饭后，绕了一个圈子，沿着拿骚大道回家。拐上马卡姆大街，看见我家灯火辉煌。把轿车停在车库门口，从旁门进屋。旁门锁着，大门也锁着。难道是忘了？是我自己没关灯的吗？莫非有人进来了？室内一切井井有条，只是好像有人动过我的备课笔记本。书桌上的笔记本是敞开的。

本子里没有什么会惹麻烦的内容，名字是字母，地点是改过的。多年以前，我就记笔记，写的东西只有我一人能懂得。但是，一个警察怎么看这些笔记呢？一想到联邦调查局特工全神贯注于我写的一行行字母，就觉得荒唐可笑。警察进来了？我把房间一一检查一遍。都是整整齐齐的。当然这可以证明他们是偷偷钻进来的。会不会拿走什么东西了？在房主的图书室里，矮脚桌子上有一期1988年的《党派评论》杂志，敞开的那一页是马丁杰伊的文章《虚构的恐怖主义》。是我忘记在那里的吗？我开始担心起来了。我应该知道我这里究竟发生了什么事。

我决定给拉尔夫·派克打电话。此人是伊丽莎白·沃思特林认识的私家侦探。埃斯代理社的女秘书接了我的电话。我说：我是埃米利奥·伦西，沃思特林小姐的朋友。我想找派克先生咨询一下。女秘书说，是要收费的，咨询费三百美金，无论是不是接办这个案子都是如此。如果继续工作下去，三百美金之外另收酬金。每天的费用取决于调查的种类。她为我预约了下星期与派克见面。

第六章

1

派克在他的办公室里接待了我,装作不认识我的样子,或者是把我给忘掉的样子;为了把会晤做得专业一些,一位金发女秘书为我俩的谈话做记录。女秘书名叫金歌,上排牙齿戴着牙套,看上去像十五岁的初中生。她给我倒上了绿茶和摆上几块姜片饼干(散发着猫尿气味)。金歌的电脑上传来伟大的拉维·香卡[1]的古弦琴声;感觉我们是在印度,尽管从窗外传来的是警笛声以及纽约高傲的喧嚣。我给派克和金歌简单概述了一下情况;我担心;教研室一位女同事、艾达教授死于一次奇怪的车祸;我确信联邦调查局在监视我。

我说:"我估计我不在家的时候,他们进了我的房间。"

"这很自然,您要在家,他们就不去了。"派克说道。女秘书轻轻咳了一下,赞赏着领导的俏皮话。

联邦调查局通常的夜间搜查用不着法院令。不必惊慌,很可能是例行检查,凡是与艾达有关系的嫌疑人家都要搜查。

大家都知道,联邦调查局正在全国的一些大学里调查一系列命案。调查早就开始了,只是最近开始把各个孤立的事故联系起来调查了。这些孤立事件之间有什么联系呢?现在还不知道。艾达可能属于这个系列;也许联邦调查局故意张网,留下蛛丝马迹,看看会不会有什么小鸟落网。警

---

1 拉维·香卡(Ravi Shankar, 1920—2012),印度古典音乐教父。

方可能认为，艾达死于他杀，或者是自己引爆了炸弹。任何假设都没结论。警方要我提供更多细节，甚至要没有什么关联的材料。我刚要说话，派克就请女秘书退场，他说，我们要单独谈谈，我说的话由他记在一个笔记本上。我从1月来到美国说起，简要说了说情况；我告诉派克我像教研室其他同事一样也接受了警察的访问，说这是为了了解案情的常规讯问。但是，后来，也就是昨天，特伦顿地方的奥孔诺尔警官和一位拉丁裔的联邦特工，在教室门外等我。回到家里以后，发现我的书本有被检查的痕迹。好像让派克唯一感兴趣的是，我提到了那位拉丁裔联邦特工。他要我多说说情况。我说，那位特工几乎没说话，只是注意听我和奥孔诺尔的谈话内容。到了最后，特工声明，他们就是提些问题的。派克在本子上写了一两句话，让我概述一下当时的情形。

警方找不着方向了，不知道这些杀人案是不是有联系，还仅仅就是巧合。总的来看，受到攻击的人们是有威望的学者、生物学专家或者是数学逻辑专家。艾达好像不在"靶场"之内。现在不得而知，凶手可能是疯子，也许纯属偶然。

派克申请进入联邦调查局档案馆。他必须拿到许可证。他想给我说明，没有安全部门的合作，不可能有他这份工作。派克说，世界上有两个美国。一个是看得见的美国，我是有投票权的美国公民，父母都是民主共和党的元老。另外一个美国是看不见的，处于地下状态，权力集中，没有控制，谁威胁国家安全就灭掉谁。他不得不与这个地下权力机关打交道，做交易，合作，免得像蚊子一样被拍死。大家都知道派克正在办理黑人士兵在伊拉克被杀一案，但是警方不在乎：军队的事属于另外一个世界，他们是干内部工作的小伙子。我告诉派克：我来自阿根廷，我知道这一套是怎么回事。全国有半数老百姓为情报部门服务；另外半数受到监视。

派克准备去办许可证，以便查阅电话记录和保存的资料；还要去查阅案情登记；但是，我必须告诉他：为什么我对这案子如此感兴趣；为什么要雇他查案。

我当然不能告诉他。我迷上了艾达,正是出于迷恋,我才求助私人侦探嘛。我简单告诉派克,艾达就是一个女朋友,一个得到学术界认可的知识分子,她的名誉受到威胁,学校领导开脱责任不管;但是,对我来说,她究竟死于愚蠢的车祸还是别的什么原因,可不是一回事。

"为什么不是一回事?难道是为了艾达老师的学术生涯吗?"派克用讽刺的目光看看我。他的意思是还得别的原因。

"我跟她有过交往,可是没有告诉**警察**。"

他说,啊,是吗?好。说着在本子上记了几笔。估计,警方是知道的。她结婚了吗?没有,没结婚。这情况有同事知道吗?我想没有。为什么要隐瞒这一交往呢?她不愿意别人知道,我尊重她的决定。

"好呀,好呀!"派克说道,一副开心的样子。

突然,我明白了:派克当过**警察**,是个典型的美国警察,冷酷无情,厚颜无耻,热爱祖国。他问:还有别的事情我该知道的吗?我摇摇头,不敢多说什么,无论是事实还是推测。

"警方跟我在布宜诺斯艾利斯的医生谈过话。"我告诉派克。他吃了一惊。

派克要去调查,去找找关系。他想提醒我:警方只允许他查查旧档案,就是说不会有现场目击者的材料(也就是说没有活人在场)。警方不想让案情变成敲诈的工具。

派克说,警方认真地在查下去。那个拉丁裔的特工是专案调查组长,是联邦调查局行为分析中心主任。他是行家,是最好的专家,奇怪的是他居然会亲自上阵。他肯定认为艾达和系列杀人案之间有什么漏掉的线索。一句话,派克会随时向我通报情况。用不着提前预付酬金,他愿意每周根据工作情况收费。

2

中午过后,我离开了派克的办公室。此前,我约了伊丽莎白·沃思特林在中央公园见面,而不是在她家里,好像我考虑到会有人跟踪,很注意安全措施。阿根廷有个时期,我们大家,包括最漫不经心的人,都注意安全措施,白色恐怖迫使大家模仿追捕者的做法,悄悄行动。约会要定在开放的场地,为的是可以逃跑,等人不要超过三分钟,你要围着街区兜一圈,看看后面是不是有人跟踪;别记电话号码;尽量乘坐地铁。这一套都没用。阿根廷城市游击队最大一次活动(袭击军队弹药库)是由情报局一个卧底指挥的,朋友们都叫他"老熊"……

我没有在雷欧之家停车,好像这样一换地方就可以欺骗跟踪的人了。我发现无论停在哪个拐角都有便衣,我估计我是被人跟踪了。警方也向伊丽莎白调查了我。提的问题是常规性的。联邦特工问她我是不是去过古巴,她的态度很傲慢。她说,当然去过,哈瓦那出版了他的第一部著作,可这是几千年前的事情啦……两个警察和蔼可亲,规规矩矩,什么也没说,但是记下了她说的话。伊丽莎白说,他们是站着写字的,大概是速记吧,或者胡乱写点什么,让人觉得他们在认真工作呢。

伊丽莎白可不是随便让人欺负的女性。她有一套表明自己社会地位的言谈和打扮的方式;她住在城里最昂贵的居民区。收养她的那个家庭让她在纽约的布鲁克林区长大,但是,她进了哥伦比亚大学,拿了奖学金,这帮助她加入了纽约知识精英的行列。有一天她对我说,她没出过远门,就是从布鲁克林区下面走到曼哈顿上面的聚会场所。

我在中央公园里的长凳上坐下,吃起热狗来,把面包渣扔给小鸟儿。现在是3月,春天的气息依稀可闻。一个五岁左右的男孩,在一旁停下脚步,开始看着我。接着,他问我:热狗里的西红柿酱会不会伤害小鸟儿?

我说：不会吧。小鸟儿对一切都习惯了。冬天，它们吃地铁栅栏上的垃圾食物。我的话让他笑了。什么垃圾？是鼻涕吗？是口香糖？不，不是口香糖，是能够黏住的东西。他小声笑了。我问他要不要点香肠。他很有礼貌地说"谢谢"，告诉我家里不让他接受陌生人的食物。父亲过一会儿送他去奶奶家，奶奶会给他一大堆好吃的。他告诉我，有时候，他也喂鸟儿。看上去这孩子很胆小。他停住不说了，用一副关系很远的样子望着我。他说："我认识你。你是我妈妈的朋友。"

他是伊丽莎白的儿子，名叫吉米·阿切尔。可是我从没见过他。我说：我是埃米利奥·伦西。他说：早就知道。他说：能不能给他一些面包渣，别带西红柿酱。我掰下一块面包。他很讲规矩地把面包渣撒成一个圆圈，而且圈子越撒越大。很快，几只鸟儿跑来围着圈子转来转去了，开始争夺食物。

吉米声音有些紧张地问道：会不会自相残杀啊？不，不会的，它们在游戏呢。为什么有时候地面上有死鸽子呀？是睡觉的时候从树上摔下来的。他沉思地望着鸟儿们抢食物。吉米说，乌鸦是喜欢杀人的鸟儿。乌鸦杀人？他点点头。一想到夜里乌鸦会钻进他房间，他就害怕。看不见它们啊。接着，他像变戏法一样从皮夹克里掏出一个棒球，提议玩球。我可以继续坐着，我是他的后垒球手。他走开一些，给我扔了一个快球，有效。我把球扔回去。他重新站位，一腿抬起，双手抱球贴脸，扔球。

这时，一个身体强壮、长脸男子出现在公园的一条小路上。吉米简直就是他的复制品，大小号而已。眼神里也流露出同样的忧愁。他抽着咖啡色香烟，一头白发，梳成辫子状用橡皮筋捆住。好像是大家事先约好了似的，这时伊丽莎白也来了。男子似乎没有看见她，在跟吉米说话。

"对不起，吉米，堵车，我迟到了。"他说话的声音很高，像是在威胁什么。

"挺好的呀。"吉米的口气有些害怕和迟钝，有咂舌音。

白发男子看看伊丽莎白。

"他怕我,在公园里跟陌生人说话。"

"他不是陌生人。"她解释说。二人一面向树林深处走去,一面交谈,情绪有些激动。

我起身背对着他们,让他们自己解决问题。吉米低头望着地面,一副难过的样子。后来,我转身看见他去找爸爸了。他还是不断回头看看我这个方向。

伊丽莎白来到我身边,在长凳上坐下。那人是她前夫,吉米的父亲。她跟他同居了几年,他是个作家,有缺点,但很成功。她说,我认识他的时候,他留着墨西哥式的小胡子。他可能是得不到信任,心里受不了,总是四处活动。我和她沿着公园向回走,我讲了跟派克见面的情况。她认为我没有必要担心。纽约所有的居民(黑人除外)都受过联邦调查局的这种讯问。她说,对黑人不讯问,直接杀掉,或者扔进监牢……黑人如果受到调查,他们反而放心些。

到了她家,我在那里住了两天。伊丽莎白跟有缺点的作家生活的结果,就是自己也变成了挑毛病的专家。她计划出一套大作家经典小说选集,由她编辑和校阅。她已经拉出一张杰作中的瑕疵清单,有海明威的《杀手们》(瑞典人那个结尾实在太清楚了);塞林格的《逮香蕉鱼的最佳日子》(有个观点的变化没有交代明白);弗拉基米尔·纳博科夫的《信号,象征,符号》(第二次电话呼叫多余);博尔赫斯的《宝剑的形状》(用蒙的说明做结尾是闲笔)。至于由她编辑出版的我的著作,可能删掉了所有的短篇小说,仅仅留下了《珠宝箱》(我本来打算续写这个故事:姑娘和她父亲沿着国内高速路躲避警察追捕)。

下午,伊丽莎白去办公室的时候,我就去42街的公共图书馆。我借了19世纪的几本书和一些旧杂志,打开笔记本,努力忘掉忧愁,与此同时,阅览室安静的气氛和郁金香形淡绿色灯罩发出的光线给我很大安慰,驱散了眼前的焦虑不安（一生中有过多次体验）。

在阿根廷潘帕草原上，哈德森结识了一位性情孤僻的男人，他独自生活在草原中央的茅屋里；他出生在英国，但年轻时到了南美洲，过上了高乔人半原始状态的生活，接受了高乔人许多观念，其中最主要的是：人生没什么了不起。如果你告诉高乔人：有位朋友死了，当地老乡就会不以为然地耸耸肩膀，说道："多大的事啊！漂亮的好马死了成千上万啦！"

3

两天后（根据我的笔记本记载，是那周的星期五），我再次与派克见面。连环杀人案的共同性是把邮件炸弹寄给科技和学术界的学者和研究员。从攻击的性质和作案地点来看，一个人来做是困难的。联邦调查局推测，有个无政府主义团伙，很可能是生态恐怖主义的支部。警方不认为艾达一案属于属于这个系列，尽管她的死疑点多多。派克又说，除非她是团伙成员，不小心在使用（或者转运）炸弹时炸死了自己。所有的书信邮件炸弹上都刻有 FC 大写字母的金属字样。警方在作坊、工厂和铁匠铺寻找相同的字样，都没有结果。这些炸弹都是用回收的物质在家庭作坊制作的，很难找到匹配，为此，警方开始称嫌犯为"回收先生"。无论哪一期爆炸案，都没发现可以按照 FC 字样的方向寻找的指纹、脚印。捆扎包裹邮件的总是用剑麻绳，用一种镍封口，但是找不到它们的来源，警方估计是"回收先生"自己制造的。所有的邮件上都贴着一张一美元的邮票，上面的人物头像是尤金·奥尼尔[1]。就这一点说些什么好吗？好的，奥尼尔是半个无政府主义者，在阿根廷生活过很长一段时间，那是 20 世纪初，地点在贝利索，拉布拉塔河附近的工人住宅区。派克对我说，奇怪，很奇

---

[1] 尤金·奥尼尔（1888—1953），美国著名剧作家，现代戏剧奠基人，诺贝尔文学奖获得者。

怪。这些杀人案都一样,都是寄给科技界重要人物的邮包炸弹,都是用工业废料和处理品制造的土造炸弹,都在邮包上贴了一美元有奥尼尔头像的邮票。仅从攻击的对象、使用同样的邮票、神秘的FC金属字样,就可以明白这是连环杀人案。联邦特工梅嫩德斯努力从爆炸碎片中找到物证。结果没有痕迹,没有蛛丝马迹,起初他推断,嫌疑人是个飞机制造的机械工,在家里的某个角落里有个土造车间。由于推测嫌疑人可能使用类似飞机上的金属,就下令对飞机库、飞机制造厂、航空器材废料堆进行了搜查,但是没有结果。

警方推测这可能是由五六个人组成的支部;他们从来没有公开声明,犯案的节奏很不规律。大家都认为是团伙作案,只有梅嫩德斯除外,他坚持认为就是一人所为。因此,他开始对国内监狱里连环杀手进行调查,看看能不能抓住类似案件的共同点。调查的结果,有用的东西不多:基本上是因为无法控制的冲动所致,他们伏击地点是公园、学校和公共卫生间。通常情况下,连环杀手常常是加快行凶节奏和提出荒唐的补偿费才能罢手。总的来说,杀手都会落网,因为他们总是回到犯罪现场,就是说在起初作案的地方重复犯罪,因为他们太忠实于这种重复行为,所以很容易就猜出他们下次的行动地点。

按照梅嫩德斯的看法,他认为是团伙作案,任何组织迟早都会解体,都会有告密者,都会有警察渗透到秘密组织里去。梅嫩德斯在加州斯坦福大学胡佛战争与革命研究所攻读政治学专业的时候就是模范生,他曾经一度潜入墨西哥蒂华纳州贩毒集团做卧底。他是奇卡诺人,生活在两个世界里:父亲是墨西哥人;母亲是美国人;懂得穿越两种现实生活。

我和派克下楼去华盛顿广场对面的酒吧喝一杯。酒吧就在派克办公室的旁边,他经常在那里接待顾客。酒吧里的人一看见派克进来,都纷纷跟他打招呼。派克立刻跟调酒师讨论起篮球季后赛的结果。他俩都是纽约尼克斯队的球迷。但是,到了比赛的时候,他俩宁可不看那些心爱的球员。那年,乔丹的公牛队在联赛中节节取胜,因此如果把赌注押在他们身上,那就等于还没抽签就知道了中彩号码。尽管如此,派克还是花了500美金押在芝加哥、费城76人队赢上(输赢赔率是30比1)。

我俩在面对华盛顿广场的一扇窗户附近的餐桌旁坐下。在广场中央,有个女人手持扩音器面对一小群流浪汉宣讲戒毒和戒酒的必要性,同时,推广一种对抗上瘾的药物,名叫"灵魂可乐"。

派克说,体育是美国的主要工业;乔丹退休数月后,已经重新参加美国篮球职业联盟了,他比美国通用公司强大。但是,在派克心里,真正的体育男神是赛车手。他们收入很高,但是长期处于高风险之中。观众去赛车场看车祸是怎么发生的。他停下片刻,沉思一下,仿佛在设想自己的生活也应该是这样的。你一旦钻进那种机器里,就不知道两小时后是不是还能活着出来,或者干脆成了软膏。

服务员送来了一杯橘汁,是给派克的;一杯威士忌是给我的。还送上来了花生米和炸薯片。于是,派克开始把联邦调查局关于艾达的档案资料一一梳理,好像让一位丈夫看他派人跟踪自己不忠老婆的资料。艾达没有稳定的生活习惯,如果有人要杀害她,那么这个不稳定状态会给他带来麻烦。她常常从家里沿着普鲁斯佩克特大街步行前往校园;有时候开车;有时在拿骚街与哈里森街拐角处等大学班车。她总是拎着垃圾袋走到教师宿舍区她家附近的自动卸载垃圾车停靠站。有时开车带上垃圾袋,开到足球场旁边时扔进垃圾桶。警方当然知道调查可以从垃圾开始,总会有线索的;什么日程表啊,药方啊,手写的纸片啊,等等。如果我感兴趣,派克可以提供一份她合法和非法吸毒的药品清单。还有电话通话清单。还有挑选了她一组个人电子邮箱号码和经常游览的网站。她徒步上街的时候,总是走华盛顿大道那边的校门,然后去图书馆(每天早晨如此)。每天上课或者科研用去几个小时,下午在办公室。用了住房基金买下村区里的一套单元房。去中国参加过一次国际会议,私下里与北京大学哲学系师生会晤。她有不大适当的性生活习惯，经常光顾性游戏小屋、滥交俱乐部以及虐恋俱乐部。因此，警方掌握了艾达私生活的全班情况，好像是一次全身X光透视。警察掌握着每个公民这样的资料吗？不是资料，仅仅是X光片上可见的骨骼。她没去成古巴，因为美国国务院拒绝发给她出境证。她有时在大学酒吧间吃饭，一份鸡肉三明治。警方有她近年来在音像俱乐部租赁过的影片名单，有她在图书馆借阅的书籍清单，有她在超市购物单据，有银行结算单据。警察登记了她与国外通话记录以及发出去的电传文件。她参加过争取和平的游行，争取堕胎合法的示威，种族平等的集会，争取拉丁裔居民合法居住权的大会，解除对古巴制裁的斗争。她是抗议伊拉克战争的组织成员。1994年最后几个月，她每周一次跟达马托出现在一号线旁边的凯悦酒店旅馆里。达马托本人也向警察说出了此事。

我喝光了威士忌，又要了一杯。回顾往事中与一个死去的女子有联系的醋意会是怎样的酸呢？达马托和他那条木头腿，还有他那肆无忌惮的爱好……好腿顶住墙壁，残肢仰面朝天……为什么要弄来全部资料？派克说，这是老规矩。人们称之为简介，但是，从这里推测活动和决心是困难的，这些资料仅仅是个框架，是个生活地图。艾达在贝克莱读书期间就是个典型的造反学生，跟黑豹党人眉来眼去，去监狱探视波多黎各砍刀党徒，但是，没有她参加秘密活动的证据。派克说，对联邦调查局来说，这能证明她参加过从事非法活动的无政府主义团伙。我说，当然了，这没有证据，本身就是证据。派克说，恐怖分子过着一种比所有正常人都正常的生活，而正常人以为恐怖分子是一些可以看得见的食人生番。他又说，一句话，艾达可能是罪犯，也可能是牺牲品，联邦调查局宁愿注意到没有发生什么会打草惊蛇的事情。也许她属于所谓恐怖组织的外围，在摆弄准备寄出去的炸弹（甚至可能不知道里面有炸弹）的时候死了。也可能是事故，有证据显示，有时她车里带着一桶汽油，因为她担心中途汽油用完；可能是汽车电路打火引爆了汽油。少见，是不是？可是轿车里面有玻璃碎片。联邦调查局基本上认为是一场事故。对艾达的调查处于待命状态，调查取决于对"回收先生"的包围圈缩小过程中可能发现的材料。包围圈的确在缩小。联邦调查局已经花掉了两百万美金，询问了五千多人。有五六十胡乱被捕的嫌疑人，经过"严厉"审讯，已经释放。匿名检举的材料经过核实后发现是错误的，或者是造谣污蔑。每次谋杀案发生的第二天，都会有电话打来，声称对谋杀负责，其实是来自精神失常的人，或者故意挑衅的人，或者爱开玩笑的人。有两三个面色苍白的年轻人——科学家神秘失踪的电视剧看多了，或者是杀手吓坏了小村居民的电视剧看多了——自愿充当被捕嫌犯，他们不受惩罚，因为是思想犯罪，除非中央监狱的精神病部门加以关注。

调查遇到了死结。警方等着恐怖分子再来一次示威活动。他们认为一个小组或者一个孤立的个人，在没有外援或者外部联系的情况下能够维持这么多年。也许恐怖组织打算与艾达取得联系。也许俘虏她是为了让她完成次要任务，甚至她并不知道这种联系的后果。可能恐怖组织要她把邮包送到邮局去，她照办了。梅嫩德斯坚持最大限度地控制对外报道。联邦调查局希望对这个案子加以可控制的宣传：二者之间有反对报道和故意泄露消息的区别，因为他们不愿意给罪犯这样的印象：警察在查他们。

派克说，通常情况下，干这类事情并非出于直接目的，而是让消息有效果。恐怖主义就是武装宣传活动，是一种传播手段，跟推销一样，派克神色疲惫地说道，表示会面结束了。我付给他两千美金现钞，请他继续调查。随后，我和他就分手了。

4

在佩恩车站，我上了返程的火车，心中空落落的，好像自己是一部情感小说的主角。上车前，我买了一小瓶威士忌，放进一个木浆纸袋里，每隔一会儿,喝上一口。车厢里有一半空位。差不多是下午四点半的样子。这个钟点乘坐火车的人,好像是垂死挣扎的老头和逃学的半大小子,他们去特灵顿消磨时光。现在我想起来了:在车上,我努力要记下我跟派克谈话的内容,可是,喝了酒的状态和列车的晃动,让我写出来的字母难以辨认;如今无法破解那天下午我自己写的东西了,列车的晃动和酒精缓缓上头的结果,把我的想法和字迹闹得歪歪扭扭。"智能并非次要的性特征,不是像体操运动员和喜剧演员那样。恰恰相反,性从属于灵魂的纯洁度。"灵魂的纯洁度是什么呀?这是我心情绝望时写下的蠢话,是我羊角风发作时执笔写出来的丑陋荒唐文字(有两页半)中唯一能构成句子的话。但是,笔记本旁边有一行话写得仔细认真。"买橘子、矿泉水、小灯泡,去格拉梅西公园。木腿,染成灰色的头发,动用枪手!!"我想,那时候,我昏昏欲睡。等到我醒来时,车厢里只剩下两个小青年了,他俩头上戴着风帽,正在收听随身听,在打手机,显得悲伤和卖弄的样子。可是,说到底,艾达怎么会对达马托感兴趣呢?她仅仅跟同事偷情吗?她是在拿男同事当公鸡嘛。一想到她站在卧室里,借助点灯光望着达马托赤身露体躺在床上,望着他的残肢和伤疤,我就怒火中烧。此情此景挥之不去:她躺在床上,摆出种种最淫荡的姿势;达马托扮演着被战火弄得发疯的老兵角色,是残疾啊!居然闯进了旅馆的房间。特别让我讨厌的是,他姓名里的第二人称呼语法[1]元素,是为强调他身份的无用符号,好像自己是个巨人,其实是侏儒。一副高大、伟岸、热情洋溢的样子。获得过朝鲜战争纪念章。在20世纪50年代,为美国左翼候选人华莱士拉过选票。麦卡锡主义[2]让他难以立足,就躲到学院里去了。开始时,他进入明尼苏达州的马克思主义研究界;也是在那时,写下了关于美国著名作家梅

---

[1] 对在场和下场的人用"你",表示他高高在上的身份。
[2] 20世纪40年代末到50年代初,在美国国内以参议员麦卡锡为代表的主张反共、镇压民主进步力量的排外运动。

尔维尔的优秀论述。他父母是意大利人。得过朝鲜战争纪念章,能说明什么啊?

在美国,一个恐怖主义组织分支会是怎样的呢?可能由于艾达相信自己理论上的反资本主义思想,就跟一个无政府主义小组发生了联系。我知道类似的情况在阿根廷举不胜举。先是建立联系,接着是聚会,然后是支援型的小任务。组织的外围是一些表面上的成员。给组织上借房子,在租约上签字,提供收邮件的地址,参加小规模活动,从被警察包围的住宅里撤出武器,我的前妻胡艺雅就干过这种事情,就是那时,在布宜诺斯艾利斯举行的一次示威游行上,警察杀害了组织领导人埃米利奥·华莱基。胡艺雅装成那家人的朋友迈进家门,出来的时候,皮包里多了一颗手榴弹。大概是要求艾达给邮局送包裹。也许是她的车里还有别的什么人陪伴。

1963年或者是1964年,我在大学读书的时候,一天夜里,在拉布拉塔,我回到公寓,房间里黑乎乎的,坐着一个人,我一看是拿乔·乌里韦。是一个系的同学。他读哲学。我和他都是学生中心的,此前都参加过ARI(独立改革集团)。我俩都是争取大学改革组织中的改良派。看见他我吃了一惊。乌里韦在等着我。他说,他是经过这里,想看看我。黑乎乎怎么看我?奇怪,我俩还没有信任到这个地步呢。从前,就是一起参加过什么大会,一块复习过古代哲学,交换过课堂笔记,我俩是在安格利亚老师的课上认识的,讲的是黑格尔的《精神现象学》。有时,我俩一起喝喝咖啡,在饭厅排队的时候打打招呼。仅此而已。可是眼下他来了。

那是冬天,他脑袋缩在大衣领子里。他来我这里,是因为警察在找他。他们小组在贝利索冷冻厂搞了一个活动,离开工厂的时候,被警察包围了。他逃出了包围圈,来到我家附近。能住一宿吗?他不想回家,不想被人发现,心想没人能想到来我这里找他。进来的时候,没人看见他,楼下的大门总是敞开的。我的房间在楼上高层。他坐在暗处,身穿运动衫和工装裤，样子像换了一个人，跟那个衣冠楚楚、西服革履去上课的年轻人一比，判若两人。我俩整夜喝马黛茶，聊天。他杀了一个警察。干吗告诉我这事呢？他掏出一把手枪放在桌子上，手枪外面包了一块黄色法兰绒。他看见火车站上有便衣警察，都是特务。他绕着体操队的跑道兜圈子，打算混进人群里，那一天是星期五，体操队跟河床队有比赛。他想混入球迷群里，可是看台上也有很多人监视。他要我打个电话，就说小圣地亚哥还好，已经出院了。最好去公用电话亭。我下楼，去2号街服务站，拨了他说的那个号码。可是没人接听。我买了一些香肠和面包，回到公寓。点烟的时候，他双手抖得厉害。那个警察是科连特斯省恰克市的黑人。瞧瞧这事闹的。是个普通警察，脱离了队伍，让乌里韦在一个死胡同里撞见了。那小子没有武器，是个防集会的警察，就是举着藤牌。乌里韦对我说，可我能怎么办呢！有他没我呀。到了早晨，乌里韦走了，打算去南方合恩角，从那里出境。他求我把手枪藏好，仍然包裹着那块黄色法兰绒。我猜想，天亮了，他不会有事的。过了一段时间，有个姑娘来了，她显然是化了装的，戴着金发套和墨镜，说是来取乌里韦的书。她把手枪拿走了。但是，这些都算是外围组织。属于后勤支援。他们成立了第一支城市游击队，后来打下了五月营地。我再也没见到乌里韦，但是知道军方绑架了他，十五年后被军政府杀害了。

第七章

艾达与保尔·德曼[1]的交锋，很有传奇色彩。那时，她在贝克莱大学读研。那是在德曼大师的一次报告会上，她以"连环杀手式"的精准发言指出：德曼对康拉德作品的阅读是图解式的，引证的段落选的不对。那天惠勒大厅里挤满了人，骄傲的艾达站起来，面对这位在欧洲有巨大影响的大师，她用自信满满的欢快语气和思路清晰的傲慢态度滔滔不绝地说起来。人们激动地保持安静。新生代和大师之间的冲突，没有任何粗暴的地方：只是没有规则的交锋，但总是殊死搏斗。德曼不再保持镇静了，他的立场有问题，后来有位研究二战历史的无名之辈从三四十年代比利时的报刊上挖掘出一些文章，证明德曼一度是反犹太人的。

她发言道："德曼博士，"她的发音吐字听起来很像"缺德博士"，"您关于小说里的嘲讽作用是非政治化的，又是不合时令的。"

她说这些话全带微笑，据有些人说，像是可以让人们看到里面是裸体的印度妇女的莎丽服。黑乎乎的阴毛，轻柔而浓密，让人们立即联想起康拉德那部早就引起争议的同名小说。

她侮辱了德曼。那群崇拜德曼和德里达的年轻学子以及赶时髦的人们，都恨死了艾达，说她比瘟疫还坏，一直不能饶恕她。实际上，她获得博士学位后的第一部著作，就是在圣迭戈的加州大学激进派圈子里完成的，那里面有后现代主义的大师赫伯特·马尔库塞[2]，乔·萨姆斯和弗雷德里克·詹

---

[1] 保尔·德曼（Paul de Man, 1919—1983），出生于比利时，先后任教于哈佛、耶鲁、康奈尔、约翰·霍金斯等高校，美国当代著名解构主义理论家、文学批评家，后现代主义代表之一。

[2] 赫伯特·马尔库塞（Herbert Marcuse, 1898—1979），德国裔美国哲学家、社会理论家，法兰克福学派代表。

姆逊[1]。

也许艾达是在摆弄炸弹的时候牺牲的。也可能是在转运炸弹时炸死的。据派克说,警方调查过艾达最近三年来的外出活动。她到过艾奥瓦,到过科罗拉多。到过爱达荷,到过芝加哥。联邦特工梅嫩德斯怀着这样的信念在调查,连环杀手就是一个恐怖分子,但不排除有人帮助。警察是不是排除了女人作案?派克瞧了我一眼,喝了一口橘汁。这位侦探滴酒不沾。他告诉我,在犯罪史上,连环杀手没有女人。我是不是使用阿根廷模式和对武装斗争的回忆认为连环杀手是女子呢?在阿根廷,有很多妇女参加和退出地下活动,她们携带武器在城里走来走去,然后回家,继续做家务。总之,杀手是个陌生女子,可是我为什么会觉得她就在我身边呢?可能是我胡思乱想吧,以前不是有过多次吗!然后со灰心丧气了。我一面在村里的大街小巷转悠,一面脑海里盘旋着这些问题。此前,我走到了一片树林旁边,那里已经是森林的边界了,在一小块空地上,看见有个女子正在跟树上一只小猫说话,那只猫冷淡地只顾舔着双爪。那女人的目的是要猫下来。她说:"我不希望它恶心地整天在街上乱跑。"她已经上了年纪,有轻微的痴呆症状,这种妇女总是非常在意野猫的生活。她告诉我,前不久,母猫生下一窝猫仔,就在树杈上做窝,后来带走了几只小猫,不知为什么留下了这只小猫。

等我兜圈回来,那女人不在了,小猫仍旧蹲在树杈上。它的毛色是灰的,污迹斑斑,黄眼睛。我在超市买了一些肉末和牛奶。它下来看看食物。我把它带回了家。它立刻在院子里安顿下来,面朝太阳,望着树丛中飞来飞去的小鸟。它目不转睛地望天,神情专注,好像能捕捉到别人看不见的东西。(小猫在调查。)它很快适应了环境,在院子尽头的玻璃房子

---

[1] 乔·萨姆斯(Joe Sommers)、弗雷德里克·詹姆逊(Fredric Jameson),均为美国后现代主义文学理论家。

里，它有了自己的天下。它在各个房间转悠，还上屋顶，我看书的时候，它就蹲在我身边，喵喵叫。它喜欢看电视，就是电视机关了，它还看着荧屏，好像是在等候远方的图像重新出现。它睡在鞋盒里，不喜欢电灯。兽医告诉我，它是健康的，还要过一段时间才会去找别的猫。它很亲热，总是跟着我，望着天花板的时候特别激动。

要是我去纽约的话，就把它托付给妮娜照看。我已经爱上了它。我一进门，它就能认出我来。它马上就在扶手椅上卧下，像是等着我坐下看书。从前，有位英国女友告诉我，猫可以帮助她注意力集中，它蹲上书桌，安安静静躺下，伸展四肢，闭上眼睛。不知不觉你就也像猫一样平静下来了。我的情况并非如此，而是我的精神状态传染给猫了。有时候，我看见它匆匆跑出去，像是发现了幽灵；过一会儿，看见它蜷缩在厨房餐具柜下面。

当我回忆那段时光的时候，清清楚楚看到时间是分成宽宽的光明区和一个窄窄的黑暗区：光明属于图书馆的宁静，我在那里整天看书，忘却了一切，但是艾达的身影，对艾达痴迷的感情和她的过去，却在空气里飘动，如同妮娜虽然离开了俄国，但是它的足迹伴随着她的英勇时光和心中的痛苦却挥之不去。

夜幕降临时，我出去开车兜风。从普鲁斯佩克特路开到华盛顿大街，然后直行，从凯悦酒店旅馆门前经过，但不停车，继续前进，进入特伦顿荒凉的郊区，那里有无家可归的流浪汉，他们在街道上徘徊于篝火和破旧房屋之间。这些下等居民区距离行政管理中心不远，它们成了政府的噩梦，这个地区的真实情况就是如此。贫民区，半截子烂楼，倒闭的工厂，警车缓缓巡逻的大街，堆满了垃圾，老人和小姑娘坐在楼梯口的台阶上。

有时我在胡同里停车，找一家明亮的酒吧进去，在吧台前坐坐。酒吧尽头有两三个年轻人，身穿黑色衣裳，头发梳成黄色鸡冠状，他们在玩台球。一台老虎机里播放着哥伦比亚舞曲。那里的人都讲西班牙语，但是有墨西哥和波多黎各口音。一个身穿红衬衫的姑娘出来跟一个高个子青年跳舞,后者的脖子和部分面颊都有纹身。我感觉很糟,孤孤零零,好像与对艾达的回忆完全拉开了距离,而此前这些回忆始终在我脑海里萦回。她难道卷进这个案子里了吗?是一种生活分裂的压力,断断续续在重复的行为压力所致。她在掩饰什么?背后有什么?特工梅嫩德斯了解艾达的地下生活,知道艾达的伪装和夜间会晤,但是,还知道些什么?否则的话,如何解释他亲自来找我讯问?他在走廊上,站在一侧,跟警官奥孔诺尔说话。以前,艾达老师提到过她在贝克莱大学读研的情况吗?我吃了一惊。从来没有跟我提起过。也许是个骗局,是个让我摔下去的陷阱,看看我都知道什么。派克认为,艾达在贝克莱读书的那几年是那个时期激进学生的典型生活。和平主义的游行,热情洋溢的演说,没完没了的开会讨论。联邦调查局仍然在调查艾达在那个时期的交往。他们掌握了艾达经常联系的人物名单。她跟许多学生一样就是个左翼分子,与反文化团体有联系,但是也跟黑豹党来往。没干过那个时期别的学生干的事。

　　要是翻翻我的那些笔记本,一定会联想起哈德森用西班牙语写在笔记本上关于在阿根廷生活的文字,多年后,哈德森在伦敦的巷子里发现了它们,上面还记录着1851年陆地风暴留下的印迹。荒漠上,黑沙遮天盖地,呼啸声不可阻挡,老乡们低头弯腰,帽子都用头巾拴在下颚上,马匹蒙上了眼睛,免得惊慌。我随时随地写笔记,有时,把车子停在路边,写上几句。我那急急忙忙的样子,好像是赶快把遗忘要抹去的脆弱体验固定下来:我们外出旅行时,我们就是乘坐夜班车的乘客,望着窗外平原上的万家灯火——闪过。甚至就在艾达事故发生的那几个月里,我被奇怪地卷入的时候,我觉得自己也是被一道玻璃与现实分开的。能记录下来的,我全都记下来,为的是证明我有过的经历,为的是将来可以回忆来。我从体育场返回,走的是辅路,不上高架,一路上收听收音机里的新闻,总是盼着一切水落石出。

这学期的时间已经过去大半。学生们开始纷纷提出期末论文的题目。拉克尔凭着一种直觉（后来我学会重视这一直觉并认为它是魔幻的），提出对哈德森作品中流浪汉问题的假设。流浪汉很多，最著名的是那个外号"隐士"的人，是半个疯子，走在田野上，自言自语，四处求乞。

哈德森欣赏那种自由自在的生活，是对功利和金钱的蔑视。在哈德森书中的阿根廷高乔人和印第安人，就属于这类人。但是，二流子和懒汉（乡下人的叫法）用更加清晰的说法表达了这一价值观。雷切尔说，在托尔斯泰的作品里也有类似的人，书中叫 starets[1]，像乞丐一样在大草原上流浪。后来，她说，要饭的一向存在。《圣经》里就有。《诗篇》的大部分就是乞丐之歌，唱出来给人们听的祷词。在《奥德赛》里，尤利西斯——为了不被人认出来化装成了要饭的——被迫跟伊洛搏斗，后者是在伊塔卡宫殿门前转悠的乞丐。

流浪汉和乞丐坐在路边，望着几百岁的历史老人从他们眼前走过去：一个帝国又一个帝国倒台了，战火连绵不断，政治形式和经济体制改了又改，但总是有人要饭，总是有人衣衫褴褛、流浪街头。雷切尔是美国辛辛那提一个企业家的女儿，她一路走来都是上最好的学校，如今论文里引用西蒙娜·韦伊[2]的观点，评价一种与贫困和团结友爱有联系的生活方式。

下了课，我和学生们一道下楼，在校门口与他们分手。门外一侧，那位流浪汉奥赖恩一如既往，在树下路边的长凳上休息。他像是在表演我们在课堂上讨论的问题，可是无人欣赏。正如奥赖恩自己所说，谁愿意瞧瞧我是个什么东西呀！沙子里一个黑点罢了。他说，是的，有人走近些，想知道这是个什么东西，可是一看见这东西是个活物，孤孤零零，穿得破

---

1 原文为英语，俄罗斯正教会长老，灵性导师。
2 西蒙娜·韦伊：（Simone Weil, 1909—1943），法国女哲学家，社会学家。二战中，反法西斯战士。遗作对英、法思想界很有影响。重要著作有：《引力与恩典》《寻根的需要》《压迫与自由》等，一生坚决反对集权主义的统治和工业社会精神缺失的灾难。

破烂烂,就转身而去了。奥赖恩是一次海难的幸存者,是被风暴卷到岸上的。他整天说些隐喻,仿佛生活在大街上会影响语言表达,会把他带到寓言里去似得。他斜靠在长凳上,一手贴着面颊,胳膊肘支撑着身体,一面收听广播。他不大相信自己的听力。听懂了吗?纽约时报收到一封信,寄信者是无政府主义组织,签字人是自由俱乐部。字头刚好是炸弹邮包上的金属字母FC。奥赖恩一面调广播台,一面说道:"谁不愿意炸掉这个世界啊?"

果然,这是"回收先生"第一次进入接触点。邮件是从伊利诺依州同一地点、同一时刻、同一日期寄出的,就是在这同一天、同一地点寄出的炸弹邮包杀害了硅谷一位电脑技师和炸伤了马萨诸塞州科技中心一位生物学家的女秘书。另外,邮件里藏着一句勉强可以读出来的话,像是用笔写信时不经意间留下的:"请下午七点给内森·R-韦德打电话。"联邦调查局特工找了这个什么韦德。结果又是喜欢开玩笑的"回收先生"的恶作剧。(根本就没有这个用R.字母开头的人名。)里面还有一组数码,是为了识别他们未来公告用的。这组数码是加州索诺拉看守所一名犯人的社保号码。联邦特工梅嫩德斯和四名警察来到看守所,闯进一间牢房。囚犯是个黑人,被控谋杀罪,被捕前是蒙塔纳山上守林员,他杀死了几个上山点火的游客,因为这会危及整个地区的安全。他杀了人后,把尸体埋在北山的峡谷里了。他什么也不知道,不明白警察在说什么。于是,警方把他拉到专门的审讯室,打开所有的灯光,脱光了他的衣裳。结果,警察大吃一惊,发现这人胸口上有纹身字样:Pure Wood(纯木)。那个寄出邮件的家伙,肯定会哈哈大笑。

据派克说,从那天起,特工梅嫩德斯就一头钻进华盛顿联邦区的地下掩体,与联邦调查局的专案人员一道,仿佛跟一位天才玩一场魔鬼般的象棋比赛,邀请了最好的专家,来分析和研究这场博弈,还预测"回收先生"下一步玩法。听着空调机的嗡嗡声,头上是白色荧光灯照射,专案组喝着咖啡，抽着香烟，在研究地图、图标和一系列数字。如今，特工梅嫩德斯比较了解对手了：喜欢开玩笑，是个随便杀人的坏小子，但并非没有目的；梅嫩德斯必须接触杀手心态，按照杀手的思维方式想问题，要了解这个恐怖分子在行动之前都采取什么预防措施。

所有寄出的邮件上都有森林（wood）的字样：地址上有伍德街（Wood Street）；寄件人有哈罗德·伍德博士（Doctor Harold Wood）；收件人有约翰·伍德（John Wood）。但是，要想读出没有明确编码的蛛丝马迹，会让人稀里糊涂。比如，在德国古萨克森地区，wood的意思是"疯癫"，同时还有"大智"的意思。在英国大诗人乔叟笔下，wood 是"拿起棍子"和"勃起"。

梅嫩德斯在寻找一种模式，一个顺序，一点痕迹让他可以继续查线索。仿佛"回收先生"看懂了梅嫩德斯的心思，或者是什么人给了他情报，他开始把那些暗语复杂化，看上去像是挑战。有一次，专家们发现有一处地方提到了爱尔兰伟大作家詹姆斯·乔伊斯的《为芬尼根守灵》。杀害新泽西器官移植研究员的那颗炸弹是用H.C.厄威克（H.C. Earwicker）这个名字寄出的。在古萨克森地区，Wicker意味着wood。但是，H.C.厄威克是《为芬尼根守灵》的主角，这个人物常常使用挪威神沃登，在斯堪的纳维亚神话里，这位神仙负责派遣森林精灵。梅嫩德斯愤怒之极。不可能猜出这位愚蠢的博学之士究竟要说什么，除非他们把所有这些符号当成一个信息加以理解。这时，专案组里有位体弱、胆怯的警察，是文学专家，名叫福莱姆·阿冈提醒说，物理学家和数学家都喜欢阅读《为芬尼根守灵》；他还说，宇宙起源里的基本粒子夸克就是为了纪念乔伊斯的《为芬尼根守灵》而起的名字，是科学家们想出来的。数学家矫揉造作，感觉厌烦，因为通常情况下，二十五岁之前就没了创造力，退出游戏之外，让位给年轻的数学天才去发明公式和解决难题的办法，与此同时，老兵们继续倚老卖老，做恐龙状，或者当老战士，有时也会回来上上课,但是大部分时间去阅读乔伊斯的作品了。

梅嫩德斯找不到方向了。他有一张美国地图,上面用红圈显示案发的地点:艾奥瓦、科罗拉多、加利福尼亚、新泽西、德克萨斯、北卡罗来纳。据派克说,一个人管这么大一片地方是不可能的。梅嫩德斯回答说,是很困难,但并非不可能。他确信是在跟一种类似莫里亚蒂教授那样的人搏斗,这位教授的死对头是夏洛克·福尔摩斯。梅嫩德斯决定改变一下这位恐怖分子的外形,他中等智商,术业有专攻。梅嫩德斯还第一次给这位嫌疑人做了政治定位:生态保护主义者和新路德主义[1]者。"回收先生"就像工业革命时期破坏机器的路德主义分子一样——从他的目标和牺牲者判断——似乎反对科技进步;又像生态环保主义者那样经常提到保护森林。梅嫩德斯派人打入了抵制改造森林为郊区、变树木为纸浆计划的活动小组。

妮娜立刻支持这样的假设:恐怖分子就是一个人。应该设想这是一个世界上最有效率的调查组在寻找的男子,他孤独一人,是一只四处转悠的野狼,不与外界接触,没有与任何人联系。在俄罗斯,布尔什维克之前的革命者,都单独行动,不愿意牵连别人,常常抛弃妻女和亲朋。比如,维拉·查苏利奇[2]曾经向沙皇开枪,在秘密警察办公室里安放炸弹,她独自一人在城里活动,勇敢,坚定。1881年马克思写信给这位不寻常的女子,说道:恐怖主义是俄国特色和历史上不可避免的方式,顺便说一下,没有理由对它说教,不反对,也不赞成。俄国民粹主义者谢尔盖·涅恰耶夫发表了《革命者问答手册》,开篇第一句就是那著名的论断:"革命者是一种无可救药的人。没有个人利益,没有自己的事业,没有感情,没有习

---

[1] 新路德主义(Neo-Luddism):以1811年至1816年路德运动命名,活跃在欧洲的哲学思想,反对各种形式的科学技术发展,后来与生态环保主义发生联系。

[2] 维拉·查苏利奇(Vera Zasulich, 1849—1919),俄国早期社会主义运动家,孟什维克首领之一。对马克思主义在俄国传播起到了推动作用。

惯,没有财产;甚至连名字都没有。他身上的一切都被独一无二的兴趣、唯一的思想、唯一的激情所吸收了,那就是革命。"

顽固地相信历史有自己的规律,就把政治犯罪合法化了。妮娜离开巴黎后,萨特和加缪的争论就集中在这个问题上了。加缪拒绝接受这样的诡辩:历史(那个抽象物)为一切行动辩护。反之,萨特坚持认为,资本主义暴力是自己为自己辩护,而任何对抗资本主义暴力的暴力则不得不找理由为自己辩护。

妮娜问道:"否定者、破坏者企图粉碎世界,让高贵和纯洁的凤凰涅槃。可是那凤凰在哪个鬼地方呀?"

"用不着凤凰:恐怖主义者不为个人利益杀人,不报私仇,而是按照柏拉图式的哲学家教导,为道理杀人。"

妮娜说:"亲爱的,你脸色越来越苍白,思想越来越混乱。还是睡觉去吧!"

她好像很担心我,拉起我的胳膊,送我出门。我和她分手的地点是她家的花园。习习的春风吹拂着我们的脸。

走出院子,我去巴基斯坦人在拿骚路上开的酒店买了两瓶红酒。从普鲁斯佩克特大街兜了一圈就回家了。妮娜认为,托尔斯泰关于非暴力和不抵抗的立场是直接回答了恐怖主义在反对沙皇政权的斗争中规定的方式。

想着这些问题一路到家,但是进门后,让我奇怪的是,小猫没有出来迎接我。于是,我开始叫它的名字:"米奇!米奇!米奇!"通常情况下,它会出来,漂亮地翘起尾巴擦擦我的大腿,我会摸摸它的头,听听它喵喵地叫唤。可是,小猫没有露面。我像个傻瓜,去花园找它,大呼小叫地喊着它的名字,最后发现它在我把它救下来的那棵树上。它望着我的眼神里有些嘲弄的意味。它宁肯当个野猫,也不整天宅在书堆里。我生气了,抓住它,让它下来。它抓我,想咬我。于是,我把它高高举起,扔进了公园的大垃圾桶里。关上了盖子。挤压垃圾的卡车上有机器铲子，会把它铲起来，压成一块扁平的猫饼，除非它能逃走，才能活下去。一想到小猫知道会发生什么事情，我很开心。离开垃圾桶，我听见小猫在尖叫，在敲打铁皮桶。走到半路，我回去把小猫从桶里拉出来，放到路面上。它一获得自由就闪电一般地跑了。我很困惑，有伤痛感，小猫抓伤了我的胳膊，在流血。我坐在路边，双拳紧握，顶在眼睛上。这时发现我又哭了。

那一夜，我是在校医院度过的。一个说话太多、可又什么也没说明白的年轻医生，给我的左胳膊做了包扎，用手电照照我的视网膜以及右耳窝。我是左撇子，可是他非坚持说我走路右倾是神经缺陷的影响。他要给我做检查，看看结果。他给我前额通上电线，脑袋上几处地方安上了电极。他让我说话，仪表上的针头开始在一张方格纸上画线。他提问，下命令：哪是右边？闭眼！用左手摸摸鼻尖！现在，别睁眼！站起来！我估计他希望我晕倒在地，或者瘫痪。我正要满足他愿望的时候，不知什么时候，我睡着了。

第二天，我正在值班室等着拿诊断书的时候，看见一个男人进来了，他走路很费劲。以前是个酒鬼，旧病复发；在特伦顿的几处酒吧间里泡了两天。在把他转送到康复医院前，必须给他解毒。过了一会儿，他儿子来了。小伙子去服务台填表格。起初，那人没认出儿子来，但是，后来，终于站起来了，那一只手放在儿子肩膀上，附在儿子耳边说了几句什么。小伙子听着，表情像是生气了。就在他们用地道的本地话七嘴八舌地说些什么的时候，一个波多黎各护工给一个黑人担架员解释说，那男人把眼镜给丢了，什么也看不见了。他说：“那老头把眼镜弄丢了，啥都看不见了。”“眼镜”这个词是用西班牙语说出来的，声音响亮，听起来像是在黑夜里见到了光明。

终于，轮到我了，我进了诊室，医生解释说：“您的失去了方向感和失眠与劳累过度有关系。您得放慢节奏，注意休息。”他给我开了镇静剂，建议我回国修养。当然，我没告诉他这与艾达之死有关系，因为场合不对。那位奥地利作家赫尔曼·布劳赫就是死在这家医院的。我问医生赫尔曼生前住在哪个病房。医生看看我，好像我在说胡话。

离开医院，我朝着泊车的那条街走去。在路边，我与之前那位酒鬼相遇，他站在路灯下，头戴一顶列宁帽。一看见我，他走过来，要我行个好，送他去火车站。我带他走了一段路，在亚历山大路边的一家酒吧停下。他要进去喝一杯，微醉一下，因为以后就要终生滴酒不沾了。他打算去波士顿妹妹家，然后住院治疗。以前，他在大学里教经济；如今是华尔街顾问办公室的经理。现在，股票交易已经是大买卖了，因为人人可以坐在家通过互联网买卖股票，做投机生意。有很多人放弃原来的工作，专门炒股。他给人们出主意，中间拿回扣。他跟大家一起冒风险，但是不花自己的钞票。早在几年前，他每年就赚将近百万美金了，但是，这是个全天的工作，高度紧张。东京和首尔股市开盘时，纽约股市收盘了，与此同时，法兰克福和巴黎的交易正值高峰时刻。他厌倦了那种生活，每天早晨六点起床，在换乘站登上高铁，打开手提电脑，上网，记下客户要求，进行交易。到了佩恩站，一辆专车把他送到华尔街的办公室，一直要待到下午五点钟下班为止。回到家中是七点，看看电视新闻，准备睡觉。有时，半夜两点醒来，再度上网。钱多，悬念多，开始喝酒。有时一喝醉，迷迷糊糊，有时失去自制，常常忘事。一天下午，按照往常的钟点回到家中，发现一群人紧急开会，准备要营救他。至爱亲朋为他担忧，都想告诉他：酒精让他们失去了一位亲爱的朋友和一位正直的人。每个人都高声朗诵他写过的书信，大家都谈友谊和生活，人人都回忆有趣的往事。这一切都充满了情感，都充满了善良的愿望和虚假的期盼，让他觉得像是一场闹剧。他老婆已经准备好了手提箱，因为当天夜里要送他去医院。可是，他跑了，眼下不知去哪里才好。家里人冻结了他的银行账户。我俩去站台尽头的自动取款机，我拿出二百美金给他。他吃了一惊，随后平静地上了天桥，到对面去乘坐前往费城的高铁。我猜想他可能在一处网吧上网，与东京的代理人连线，运用那二百美金在东京股市上挣点钱，然后租上一辆轿车，逃向南方。

特工梅嫩德斯关于镇压生态环保主义组织和逮捕他们领导人的决定，在纽约和洛杉矶的知识界激起了抗议浪潮。人们纷纷检举揭发警方践踏和侮辱人权的罪行。5月底，自由俱乐部给纽约时报寄出第二封信。白色信封上有个人名弗朗西斯·本·因弗莱德（Francis Ben Imnifred），开头的字母构成FBI；信封上有地址：549 Wood Street, Woodlake, CA 93286。里面有个便条，首先要求停止镇压有关组织；其次，预告准备发表一篇关于《工业社会及其未来》的文章；如果这篇文章能在各个报刊上发表，他们就停止暗杀活动。

经过几次讨论和争论，警方允许发表这一宣言。据派克说，梅嫩德斯分别通知各个单位的顾问，请大家看看是否有可能在文章风格上发现什么能够辨别出作者的特点。第二周，宣言发表在纽约时报和华盛顿邮报上了。

第八章

1

《关于科技资本主义的宣言》与通常的政治宣传册子不同,是一篇系统性的论文,结构严谨,有数字编码,按分析哲学的方式,有序列题目。不咬文嚼字,没有好战性的要求。妮娜借助她崇拜的伯特兰·罗素[1]的话,说道:"文章作者像学者,而不是政客。"(罗素说过:"亚里士多德是第一位说话像教师而不是政客的人。")

关于在当下这个时代(话语和嘈杂如此混杂)如何让一个信息传播开来,有个明确的概念。向恶,杀人的决心,与设法让人听见这个声音的愿望密切相连。我把《宣言》第96段("新闻自由")抄录如下:"任何一位有点钱的人都可以发表文章,或者通过互联网加以传播。但是,他的文章会与媒体制造的大量素材混淆在一起,因而不会有任何实际影响。于是,对于大部分个人和团体来说,用话语引起社会关注是不可能的。比如,我们(FC)如果不搞一些暴力活动,如果我们不把这篇文章寄给一位出版商,那就没有办法出版。即使出版商同意出版这篇文章,可能读者不多,因为媒体拿出来的娱乐产品会比阅读严肃的文章更有趣。即使这篇文章有很多读者,那其中大部分人可能会很快忘记它,因为媒体制造的大量东西已经像洪水一样淹没了我们的心田。为了把我们的信息传播出去并

---

[1] 伯特兰·罗素(Bertrand Russell, 1872—1970),英国哲学家,数理逻辑学家,历史学家,和平主义社会活动家。分析哲学创始人之一。推崇人道主义和思想自由。

且产生长期影响,我们只好杀人。"

妮娜说:"我第一次听到这样的言论。"杀人是为了争取读者。这段文字太可怕了。恐怖分子好像现代派作家,直接跟魔鬼签约。我在心情纯洁状态下作恶,是为了改造自己的思维和表达怀疑整个社会的思想。真正的担保有了,因为担保人此前有能力钻进体制内监控和镇压的网络里,用土造炸弹杀人十几次而长达二十年没有被发现。

这篇文章的中心思想是批判资本主义,认为资本主义是个复杂的制度,具有巨大的扩张和技术更新的能力。《宣言》没有情绪化地描写社会不平等现象,而是把资本主义定义为不停地再生产的活力机制,文章用嘲讽的口气说,达尔文的进化论不再是"幽灵","而是一种异化",在科技改造过程中,宣告连生产文化的社会常规都不再遵守的文化形态要来临了。

资本主义生产首先是新型资本主义社会关系的扩张。因此,资本主义制度不可能改善,或者说不可能改进,因为这个制度一心追求在全世界范围内复制这一资本主义新型关系。金融市场瘫痪,经济像气泡一样破灭,资本增长的方式就是气泡。文章分析了苏联和东欧国家的失败以及中国的资本统治,还有在东方旧殖民主义领土上,资本主义在寻找空间的新发展时期。这一领土扩张(媒体称之为"大墙倒下")释放了新能量,让科学、技术发生突变:广大地区打开了门户,一支消费和后备劳动力大军听凭市场支配。

资本主义在科技领域的发展中没有边界限制:生命科学、伦理学、经济学、社会学统统不在话下。发展规模如此之大,直接影响了人心的稳定;今天的社会面临着它最后一道边界:"回收先生"称之为"心理边界"——无人之境。

资本主义制度已经完成了格瓦拉和毛泽东提出的口号:造就一代"新人"。遗传基因研究、分子生物学和认知科学的试验、克隆和人工授精的可能性,都在超越新界线的方向前进。科学家、斯大林所说的"人类灵魂的工程师",新人,理想公民,如今没有信仰,没有思想原则,一心向往从商品交易中分得一杯羹。科技社会满足这些人:让他们高高兴兴地淹没在一片快速、多样的信息海洋中。

没有办法能与资本主义大公司抗衡。《宣言》没有提供什么选择,但是提醒大家:这是一个没有出路的世界。《宣言》最后说:"资本向上帝一样,在它无所不在和永恒的世界里,成功地确立了信仰;我们有能力接受世界末日的到来,但是,看来没人能设想资本主义的灭亡。我们最终把资本主义制度和太阳系混淆在一起了。我们如同普罗米修斯一样,准备接受挑战,向太阳发起攻击。"

《宣言》以这个希腊神话收尾,我只是稍稍概括一下。用这种方式说话的人,《宣言》作者不是第一人。妮娜研究过托尔斯泰对奥地利、英国籍哲学家路德维希·维特根斯坦的影响,她回想起维特根斯坦在《逻辑哲学论》的态度:"比如说,认为科技时代是人类末日的开始,这是很荒唐的。他在书中写道:我的想法在这个时代是不受欢迎的,我不得不逆潮流而上。也许再过一百年,人类会接受这些想法。"妮娜说:"这个'比如说'实在太妙了。"

即使《宣言》像许多哲学家和思想家一样批判科技(比如,芒福德[1],《宣言》引用了他的话),但是关于出路的建议也不是社会主义模式的美好乌托邦世界,而是无政府主义传统的"好生活"。据妮娜说,《宣言》像托尔斯泰和俄国民粹主义者那样,提出回归工业社会前的小村社制,土地集体所有,每个人依靠体力劳动生活。这个建议的基础是无政府的国家经验(比如,美国西部的游牧部落和巴拉圭的查科人);是原始社会的构成和工

---

[1] 芒福德(Lewis Mumford, 1895—1990),美国建筑评论家,城市规划师,历史学家。主张技术社会与人本主义协调。

业革命前的生产方式。里面有梭罗[1]的经验,有"垮掉一代"和加州嬉皮士的方式,但是都走到了极端和战争边缘。《宣言》提出的是美国远景,但没有希望,一心想实现自我:按照《宣言》打算的社会模式,应该有私人生活。

《宣言》无可奈何地提出保卫大自然和自然生活方式,但是,并不特别认真对待沃尔特·迪斯尼[2]关于生态主义社会的做法。马克思说得好,摆脱鲁滨孙思想是很困难的,但是,在社会主义和反殖民主义斗争惨败之后,孤独一人在荒岛上重建一个理想社会的幻想似乎就是唯一的出路了。这也是托尔斯泰主义思想。但是,区别在于使用直接行动。《宣言》为梭罗(引用了他的原话)在精神领域公民有权造反的愿望作了辩解。在很大程度上,恐怖活动可以确保人们进入公共话语天地。

2

不出所料,《宣言》造成了巨大冲击。加州一家出版社一经出版《宣言》,短短几小时内,通过互联网就得到了广泛传播。争论声四起,全国各地都有人声明支持《宣言》的内容,表明《宣言》表达了很多人的心声。在篮球场上,正在举行 NBA 最后决赛,一群群活动分子在场内的球迷和球员中散发《宣言》。有张篮球明星拉里·伯德(别名大鸟)的照片,他正坐在凯尔特人队的替补席上阅读这篇反对资本主义高科技的《宣言》,他那专注的神态有嘲讽的意味,在社会上广为流传。

我走到研究生教室的时候,学生们正在讨论这件事。立场各有不同,

---

[1] 梭罗(Thoreau,1817—1862),美国文学家,哲学家。反对奴隶制,推崇回归自然。代表作《瓦尔登湖》成为超验主义代表作。

[2] 沃尔特·迪斯尼(Walt Disney,1901—1966),美国著名导演、制片人、卡通动画设计者、迪斯尼制片公司和迪斯尼游乐园创始人。

但总的来讲，普遍同意《宣言》的主张（约翰三世除外，他认为那些主张不现实）；没人为暴力方式辩护，大家批评恐怖主义，约翰三世除外，他对政治领域的道德看法表示怀疑。他神色疲惫地提出一些让人上当的问题。（"有多少人被指责为恐怖分子之后才获得诺贝尔和平奖？"）他咬文嚼字地发问；戏剧性地停顿一下，他自己说出名字来："曼德拉、贝京、阿拉法特……"约翰三世最后说："不杀人是掌权者的口号，牺牲者是服从命令的人，有权势的人不相信一般化。"米克回答说："有情可原的偶然杀人也不能让犯罪变得有理。"约翰三世说："是的，但那就不像是偶然杀人了。"拉谢尔说："不管怎么说吧，选定某人去杀，不能说杀人正当，哪怕连环杀人有内在联系。"韩国留学生说："我们首先应该知道谁是作案人。"她进一步坚持道："如果我们不知道谁发出的信息，那信息有问题。撰写《宣言》的人就是放炸弹的人吗？"这是他亲口承认的啊。他承认了吗？确切地说，他认为这是他写《宣言》的一个条件。《宣言》的理由是颠倒的。是科学家以科技进步的名义让制度暴力、生物、军火试验合法化。正是这些有实用知识的科技人员以进步和科学的名义践踏了道德。

妮娜正在撰写托尔斯泰传记第三卷，她正是要人们看到布尔什维克如何抹掉了托尔斯泰和平主义的政治主张——她用了一句"对不起"——布尔什维克企图把托尔斯泰贬低成伟大的小说家、现实主义文学之父。虽说如此，托尔斯泰还是力图面对革命的暴力和面对资本主义的破坏性提出一种选择：勿抗恶。

妮娜说，伟大的社会构想是冒险家的乐园（一切都指望行动）和花花公子的虚构（把日子过得像一种艺术形式；）21世纪的英雄就是恐怖分子。恐怖分子既是冒险家，又是花花公子，骨子里他认为自己是个非同一般的人。

按照妮娜说法，托尔斯泰是第一位意识到那伟大构想的人，他设法塑造主显节基督形象、圣徒形象、流浪汉形象与冒险家和花花公子抗衡：具体实现他这一主张的人是圣雄甘地，他是托尔斯泰的嫡传子弟。我说：可是，印度的结局也不太好啊。妮娜说："亲爱的埃米利奥，好小说的结局都不好。"我和妮娜在她家的客厅里，周围是图书和资料。来杯茶，好吗？几块饼干？都是俄罗斯的。

3

联邦调查局把《宣言》散发给文学教授们，目的是看看有没有可能发现什么文风特点，进而找出作者来。警方希望有谁能从文字上找出犯罪嫌疑的负责人来。玛丽·戈德曼，心理分析专家，是查理·毛龙的女弟子，极力想解开《宣言》作者的心理之谜，依据作者使用的隐喻、副词形式、重复的词汇和语系。另外一些专家努力寻找城市黑话和乡村语言的痕迹，以便圈定搜查范围。

妮娜说，这不是发现，是猜想。根据一个人写的文字就能知道他是什么样的人吗？任何一位习惯精读的专业人士（翻译家，文字校对员）都能很快认出作者是否是有文化，是不是习惯于按照逻辑造句，有没有大量的词汇和丰富的遣词造句手段。用英语写作实在是太刻意的，没有口语痕迹，即使偶尔有些小错，能让人猜想出作者有中等文化素养，且典型地有修改过度的毛病；另外，一些意外的语法错误令人怀疑，他的母语可能不是英语，或者会想到无论如何，作者的童年生活环境和父母都不是本地人。

我跟妮娜讨论了一下其中的一些假设，但是，读完《宣言》后发现——文学批评常有这种事——我们仔仔细细分析过的内容，有可能随便什么读者一看就懂。《宣言》作者是位学者，可能是数学家，或者是非常聪明的逻辑学专家，他为人孤独，喜欢自言自语，用"我们"代替"我"

（"我们要走了"，"我们肯定""我们假设"）。典型的自我表演，这种人（多为男性）在军队里，或者革命组织里，或者封闭的学术团体里生活过多年。

5月底，课程结束了，研究生班的学生都交了论文。每篇都很精彩，这在预料之中，当然尤琳的除外，令人意外，写得平淡无奇。我不愿意评论，但是，按照美国大学的评分办法，我给她打了三A，一个B+和两个B。大部分人写了"哈德森户外自传"，关于哈德森写景的方法，以及"运动中"讲故事（骑在马上），关于哈德森个人混杂的动物园，尤琳特殊，她的论文令人吃惊，是关于英国翻译家康斯坦斯·加内特[1]与托尔斯泰关于村社以及新英格兰英国移民问题的来往书信，她还与哈德森的《遥远的地方和遥远的时间》中阿根廷田园牧歌般的农庄经历作了对比。而约翰三世，表现出他的精心修饰，很多"性别研究的特色"分析了哈德森作品中草原生活和同性恋的联系（"啊哦，草原上那些可爱的高乔年轻人！"）

周一，课程结束后，我邀请学生去邮政广场对面的音乐酒吧喝啤酒。约翰、米克和拉谢尔已经提交了个人简历以及对岗位的要求，美国论文格式组织（MLA）的年终会议上要看他们这些材料和写好的论文。他们已经（或者正在）脱离学生的身份，把第一份工作看成是既渴望又具有破坏性的现实生活。大学教育就是年轻人的停车场，现在他们不得不换换地方了，不得不学学严酷的交通规则。在什么遥远的地方工作，教教不愿意念书的学生读书，与同事争夺发展空间，一直活到有个终身职位为止（约翰三世说："这个时代真正可恶的艺术家就是在有决定权的同事们监督下当个助理教师。"）

---

[1] 康斯坦斯·加内特（Constance Garnett, 1861—1946），第一位翻译托尔斯泰作品的英国翻译家。

夜幕降临时，我和学生们分手了，他们认为大概今生不会再见了。如今，我知道他们的去向，知道他们有很多人成功了，也有人失败了，但是人人还都记得当研究生的生活，那是他们在面对真正的严寒之前的一段生活，就像一段长长的插入语。

我也处在一个十字路口上。我不愿意返回阿根廷，徘徊在能不能在美国再工作一段时间。加州的贝克莱大学写作中心计划招聘个岗位。（"福克纳和菲兹杰拉德淹死在酒精里，我会淹死在大学里。"这是我朋友说的，他是阿根廷圣达菲地方的诗人，眼下在法国教书。）这几天我决定重新联系在布宜诺斯艾利斯的朋友们，尤其是要联系朱尼尔，自从我在阿根廷《世界日报》工作起，就认识了他；他还在那家报社，变得越来越玩世不恭，越来越故意伤害人；军政府时期，他流亡到墨西哥避难，但是后来又回布宜诺斯艾利斯了，装出一副从来没有离开过祖国的样子。朋友们告诉我，朱尼尔回报社时满面笑容，朝着办公桌前一坐，仿佛刚刚出差回来的劲头。我跟他通话时，发觉他声音有点奇怪，比从前显得正经。"伦西，干什么呢？我曾经给你打过电话，想要说说这里的新闻，可是这里没新闻啊。""你就会污蔑，老家伙。你知道，在发展中国家，时间过得飞快啊。你有福气啊，生活在资本主义心脏里。"我俩说了几个笑话，这次通话给我留下一种奇怪的感觉。

那几天，我还跟我的前妻通了话，前妻的说法当然会让她生气。她很好，仍然住在国会大街那套单元房里。我的图书还存在那里呢。我和她有些问题，老问题，共同生活一段时间后都会有的问题；但是，如今，我和她互相比较理解了；也许因为这个我才告诉她正在考虑去加州贝克莱大学的建议。线路另一边没有吭声。我问她："想不想来我这里住一段时间？"我听见她在笑，有时候她发怒之前就大笑。"埃米利奥，你做梦呢？你不知道吗？我跟朱尼尔在一起啊。""怎么可能呢！我一点也不知道啊！你怎么会跟这个傻瓜、这个弱智在一起呢！"最后一个知道这事的竟然是我，必然如此！

这就是说，布宜诺斯艾利斯的一切照旧，我很熟悉这个游戏：阿根廷文坛享受的唯一自治权就是同行排外。克拉拉从前嫁给了贝贝·桑斯，桑斯跟我在拉布拉塔大学的各系工作过，后来他跟克拉拉离婚的时候，那是60年代，我跟他一起出过几种杂志。桑斯后来跟朱尼尔的前妻结了婚，如今朱尼尔又和她在一起了。我觉得克拉拉是背叛。朱尼尔会不会已经去我家住了？会不会就睡在我的床上啊？会不会在阅读我那本《维吉尼亚之死》啊？

走出办公室，来到大街上。流浪汉奥赖恩仍然坐在树下的长凳上。我走过去看他。他在一张纸上画圆圈和方块，一个比一个小。他画画，我跟他说说我的事情。朱尼尔跟她搅和在一起，让我感到不高兴，但更不高兴的是，朱尼尔乱翻我的图书和资料。奥赖恩说："先生，一无所有最好。"

6月中旬，学年结束了，教研室照例举行暑假前会议。开会地点在棕榈之家，亨利·詹姆斯式的大房子，四周是花园，大门对着艾达死去的街口。我穿过林间小路，石头大墙很快就挡住了红绿灯以及从拿骚路通向巴亚德线的弯道。艾达的轿车还扔在那里呢；我想，她死前一定是在望着这堵石墙吧；诊断书上说，是突发心脏病；有人盗窃，或者她看见大街上发生什么事情了，引发了强烈激动，造成了昏厥。那一只手烧伤是怎么回事呀？大概是电路出了火花，或者燃料过热。人们说，没有炸弹的痕迹，但是，车里的地面上有邮件。无法知道是不是另外还有别的信件被爆炸烧毁了。没有留下痕迹，没有带FC金属字样的铁皮。警方的说法是，用另外一种工作方式来想象重构一种可能发生的场景。目击者、信号、线索都认为这是一次车祸。至于炸弹的可能性，没有证据可以表明这是谋杀案。

刚迈进棕榈之家的大门，就从会议室传来说话声和笑声。一楼大厅灯火辉煌，玻璃阳台面对着公园的树丛。大厅中央摆放了一张桌子，上面有很多食物大盘，大厅一侧有吧台，上面有饮料。人人都在说话，个个手里端着盘子和杯子，尽量吃喝。大家靠在墙上，或者坐在红色长毛绒矮沙发上——绕着大厅摆放了一圈。我倒上一杯白葡萄酒，盘子上放了熏鱼和炒饭。我的同事们都在，还有毕业的研究生。我看到了拉谢尔和米克，但是没有约翰三世。我到了阳台上，达马托走过来说话，好像一直在等着我的样子。据他说，写《宣言》的人不是放炸弹的人。他说，这两个人水火不容。放炸弹需要一种机器人心态，类似钟表店的工匠。他熟悉这事，因为在朝鲜战场上，挑选安装和拆卸地雷和炸弹的小组，需要经过几种心理测验和情绪测试。制作定时炸弹的人都是不爱说话的性格，有些精神分裂的症状，具有赌徒的心态和钢琴家灵活的手指头。达马托说："我认识一个军曹，他能蒙上眼睛安装和拆卸手雷。停战期间的夜里，他同意打赌。大家蒙上他的眼睛，他溜出哨位，跑到树林边上，他赢了，活着回来了。"达马托笑着说："要是炸了呢，没人会感到遗憾。他总是若无其事地回来了，好像什么也没发生，但是，心里很生气，想打架，还想再玩。相反地，若是写这么一篇《宣言》，可需要镇定、聪明和执著的品质，类似我们这种人。"过了一会儿，达马托说："我是因为走路想着梅尔维尔行文中伊莎贝尔式的节奏，一脚踩上了地雷，炸掉了我一条腿。这是两种不同的精神贯注，是两种人啊。不可能既写文章又放炸弹，就像不可能既是优秀拳击手又是象棋大师。"我俩望着花园上方的夜空，好像两个酒肉朋友共享一个女人。他说："我估计她还一点没察觉呢。可怜的女人啊！你了解她跟我了解的一样，她诚实，正直。总是好人不长命啊。"难道是她跟他说的：我俩约会上床的吗？她会跟这个瘸腿乡巴佬推心置腹吗？脑海里这些问题让我走了神，耽搁了一会儿才听见这个流氓用他那惯常的兴奋口气在低声提问题。

我下一步的打算是什么？还要留下跟大家工作一年吗？我说："贝克莱大学有邀请。我想去加州一段时间。""好吧。应该跟我们商量商量。"此前，教研室以为，就在缓慢地准备调查艾达岗位开始的同时，我会留下来等着。艾达。一说到艾达这个名的时候,我和达马托之间就有一种敌意和信任的秘密电流通过。我和他都知道和艾达待在旅馆无特色的房间里是怎么回事。我立即切断了这种同谋共犯的关系。我说,我不能肯定即将做些什么。但是,基本上会坚持我的计划。

我走到拉谢尔和米克所在的角落,他俩正在跟电影研究中心的两个年轻同事聊天。他们在讨论马丁·斯科塞斯导演的《出租车司机》。他们的看法是,司机是个极端反叛的形象,虚无主义者,爱上一个妓女,后者的行为完全不管社会偏见。陀思妥耶夫斯基笔下的妓女已经变成了朱迪·福斯特扮演的坏女孩。我走了,他们还继续讨论,但是话题转到了《狙击手》以及罗伯特·德尼罗是不是有能力塑造人格分裂型的角色。还有杰克·尼克尔森呢?米克说道:"我想象着回收先生如果换上尼克尔森的面孔会怎么样?"

我在大厅里转了几圈,见了熟人打打招呼。过了一会儿,达马托请大家安静。他要讲话,要送别刚刚结束的这一学年。他谈到了我们经受的痛苦损失。教研室设立了艾达·布朗奖金,奖励年度最佳论文。四周响起了掌声。他说:"我们正处于国家的困难时期。我们知道什么是恐怖主义。并非悖论的是,一方面电子通讯正在埋葬旧有的通信方式,一方面炸弹邮件却在摧毁我们的校园。通信方式给我们的文化附加了定义,表现在《圣经》里,表现在哲学传统和政治、文化历史中。波斯人的书信、开放式的书信、罗马人的书信、写给父亲的信、匿名信、情书都表现了文化。在暴力的裹挟下,我们的表达方式会消失吗?"他停顿片刻,又说:"近来发生的一些悲惨的事情让我想到这些导致巴特比[1]症状、疯癫、绝望的死人信件。我们这些有陈旧知识的人们,也读过故人的文章和书信。"随后,仿佛是做追思弥撒一样(我们想到的弥撒对象是各个不同的),达马托回

---

[1] 巴特比是美国作家梅尔维尔的小说《抄写员巴特比》中的主人公,事务所一名抄写员,被残酷的商业制度折磨,最终被逼疯。

忆起梅尔维尔故事的结尾,他说:"巴特比是华盛顿亡人信件办公室的普通职员。为了结束我的讲话,朗诵一段他的话:

"死信呀!不像死人啊!应该烧掉,因为没人会收到这些信……"脸色苍白的巴特比有时会从折叠的信封里掏出一枚戒指——放入戒指的手指头大概在坟墓里已经腐烂——掏出一张银行支票,是紧急援助没吃没喝的人。"紧张的达马托声音激动地借用巴特比故事叙述者的祷词结束演说:"饶恕那些死于绝望的人吧!给那些死于没了希望的人以希望吧!给那些被无法忍受的灾难窒息致死的人送去好消息吧!"达马托不管什么场合,只要一朗诵梅尔维尔的作品,就有些疯癫(我们在场的人都有些疯癫,我们是一群伤心的读者,总是想着文学作品中那令人着迷的特点)。

当天夜里,我终于退出会场时,穿过棕榈之家的花园,向大街走去,我看见在艾达出车祸的地方,约翰三世依靠在出口的大门上,他站在那里好像专门在等我,很高雅,打扮成从前常春藤高校联盟的学生样子,他身穿白色西装,打着蝴蝶结,还像念书时那样显得过分自信。他友好地打声招呼,让人明白我们现在的关系不是师生,而是同事了。没等我开口,他说出了那个大家天天期盼的消息。

"那家伙被抓住了!从前在哈佛大学读书。"

第三部　以康拉德的名义

第九章

1

他名叫托马斯·蒙克，五十岁，数学家，曾在哈佛大学读书，父母是波兰移民，家庭富有。无前科，不知道他与什么政治组织有关。他被捕的地点是在遥远的蒙塔纳山区的密林里。他与世隔绝，住在一间六平方米简陋茅屋里，是自己建造的，没有电灯，没有自来水，没有电话，距离最近的村庄有五十公里，位于223国道旁边。

私人侦探派克用了几天时间琢磨这位蒙克的历史和文字。由于纽约盛夏酷热，办公室活少，有了这位新来的、很能干的女秘书用互联网和手机（派克称之为"小电话"）随时通报消息，派克此前已经准备好一份关于蒙克的报告，现在准备结束调查了。

后来，他说："我们做侦探不解决问题，但是可以讲述案情。"

蒙克的父母有两个儿子：托马斯·蒙克生于1942年；皮特·蒙克生于1943年，这一年他们终于在芝加哥定居下来。兄弟二人在中学时的照片上，是表情顽皮的两个孩子，托马斯·蒙克是短发，面带疲惫的笑容。兄弟二人奋发向上，有毅力，心地单纯，没有出生在欧洲的痕迹，接受了50年代的美国文化，按照派克的说法，那时的文化既神奇又残忍。他俩是在冷战、汽车、电视、摇滚乐大发展时期出生的。托马斯（爱称汤姆）是家中的天才；弟弟皮特的生活深受哥哥影响，虽然他也成了著名作家，在凯鲁亚克[1]和"垮掉一代"读者保护下,在村中流传的《文学杂志》上发表过好几部作品。

托马斯·蒙克决定上哈佛大学的原因,可能是他父亲认为,哈佛是在华沙的朋友们唯一知道的美国大学。1958年(托马斯十六的时候)转学到马萨诸塞州的剑桥市,开始了他的学术生涯。实际上,他是哈佛历史上获得最高奖学金的大二学生。

他"严肃得要命",性格孤僻,书呆子,胆怯,一直不适应美国高校联盟的严格规定。就在他的同学们身穿西服革履,打着大学联谊会俱乐部标志的领带,一个个非常高雅地去上学的同时,汤姆·蒙克却身穿黑色运动衫、牛仔裤和球鞋去上哈佛本科生的课程,看上去他像个美国宾夕法尼亚州工人阶级的孩子。到了冬天,他再加上一件海员穿的蓝色夹克衫和一顶手工织的绒帽,那个时候只有波士顿下等小区的黑人才这般打扮。

他参加晚会和舞会,但是独自一人坐在一旁喝啤酒,看巴纳德学院[2]的"花蝴蝶们"闹腾的样子,她们留着金色长发,身穿短裙,在角落里跟普林斯顿和耶鲁等上层社会的小子们拥抱、接吻。那时候,有一群群美腿、酥胸的美国姑娘,在从朝鲜战争结束到越南战争开始期间,迅速而故意地丢掉处女贞操。派克说,她们像妇女解放新军的前卫排;小伙子们说她们是"越共"。派克肯定在想念他的老情人贝蒂,那红发女子当然也是瓦萨学院[3]的老战士了。

阿曼达,那个时代的漂亮雏鸡,对记者回忆说,1963年暑假她跟着蒙克去加拿大旅行。阿曼达声称,蒙克最喜欢我高声朗诵长、短篇小说中

---

1 凯鲁亚克(Jack Kerouac,1922—1969),美国"垮掉一代"作家的代表,擅长写"狂野散文",代表作:《在路上》。
2 巴纳德学院(Barnard College)是美国私立女子文理学院,创建于1889年,是哥伦比亚大学的本科学院之一,是著名的"七姐妹"之一。
3 瓦萨学院(Vassar College),学院成立于1861年,位于美国纽约州,初创时期为女校,是著名"七姐妹"之一,1969年才开始招收男生。

"有关人性的故事"。一天夜里,她和蒙克躺在旅馆房间的瓷砖地上,因为天气太热,她念了一个短篇故事,说的是有个牧师用黑纱蒙脸,念着念着,蒙克睡着了。阿曼达继续念下去,但是忘记了故事内容,心思转到她居住的公寓去了,那里有个上了锁的公用冰箱,牛奶箱上都有主人的名字(比如,格雷特、玛利亚)。到了最后,她起身关灯。汤姆睁开了眼睛,目不转睛地望着她。

她说过:"你从来不眨眼。"

他说:"对,不眨眼,只要能不眨眼就不眨眼。"

蒙克不说谎;一辈子坚持说真话的原则,这是指导他工作的逻辑。根据他那数学思维的直觉,真正的概念都是实物,而不是思维方式。这是他在哈佛上大二时在课堂上说的。约翰·麦谢尔教授,美国分析哲学世界里主要提及的人物,请蒙克考虑一下这个命题:"此时此刻,在这个房间里,没有猫。"蒙克拒绝描写这个场景,老教授费力地弯腰看看讲台下面十五个研究生的表情;老教授的骨骼咯吱咯吱作响,但是他努力要描绘出这个难以找到证据的命题。就在老教授论证教室里是否有猫的同时,蒙克无动于衷,面对教室前面的黑板而立。老教授费力地喘气,站在教室尽头说道:"我没有找到猫。"蒙克回答说:"根据我从麦谢尔教授关于莱布尼兹公式[1]学到的内容,这只能证明一只猫的存在不是由一个可能世界(而非所有的世界)的经验证实。"

同学们听了他的看法后纷纷吹哨和跺脚,以示反对。与此同时,汤姆笑着,在黑板上画圆圈,圆圈向外开放,越来越大,表明在不同条件下,真理是可以取舍的。既然仅有经验是不够的,那么就需要构建理论上的虚构。

"比如,教室里是不是有一支看不见的猫,取决于我们正在预先设想

---

[1] 莱布尼兹公式(Newton-leibniz formula),牛顿莱布尼兹公式是微积分基本定理,关于函数乘积的公式。

的现实。"

这句话现在看来是最早接近他决心的想法，结果把他领上了犯罪之路，成为美国史上最难找的杀人犯。

托马斯·蒙克的健康看上去似乎"虚弱"，给人的印象总是"有危险"。谁的话他都不听，弟弟除外，皮特经常来看他，住上几天，跟哥哥在房间或者酒吧里聊天，或者沿查莱斯河边散步。

那个时期认识蒙克的人都为他辩护；这些证言，加上他大学时期的历史，都加强了这样一个印象：大家都不怀疑他的行为。这样的年轻人变成恐怖分子？怎么可能呢？他并非是不可救药的激进分子，就像多年后哲学家爱森博格定义的那样，他并非社会愤青，也不是被边缘人，而是美国的成功人士；他并非宗教狂热分子，也不是马克思主义者。

在哈佛的日子里，蒙克开始爱上了体育和音乐。他和弟弟参加波士顿红袜子队的棒球比赛。在房间里整天听 Take This Hammers 以及别的海岸地区无产者乐手们的"城市音乐"，尤其是伍迪·格思里（*Woody Guthrie*），这些乐手常常在路边的酒吧里和宾夕法尼亚州村庄的家庭客厅上演奏。他俩也去过熊酒吧，那是波士顿放诞不羁人士的堡垒；似乎到处都是他俩的学习之地，他俩就像一个老外，对这个国家的文化一无所知，必须用模仿本地人生活方式的办法来学会一切。对于皮特来说，走无产者经历的道路和过着自己一代人真实生活，是自然而然的事；而对托马斯来说，他像是渗透者，因为他从来不改变自己那严肃的表情和冷笑，哪怕是按照摇滚乐的节拍用脚敲击地板。

一天黄昏，托马斯在波士顿港口舞会上，认识了一位姑娘。她是个金发女郎，消瘦，父母是纽约的专业人士；她在瓦萨学院念书，身穿一件苏格兰裙子，下面开口处有个大别针，脚上穿着黑袜子。从此，二人经常去看露天电影，玩拼词游戏，午休时钻进汽车旅馆做爱。姑娘很满意这种生活，她喜欢他，虽然觉得他有点怪和经常心不在焉。

有个夏天，他俩到乡下住了一段时间。她意外地去看看父母，可是回来时，她发现汤姆并没有察觉她的不在。只是到了半夜时分看见她背着提包、送给他一件运动衫做礼物时，他才说了一句："啊，你出门啦！"

到了这个时候，姑娘下了决心：汤姆不属于她。这是她对媒体的说的；她始终认为汤姆是个出类拔萃的小伙子，应该有更好的机会，虽说他实在太蜷缩在自己的心思里了。二人和平友好地疏远了。她不说出自己的姓名，声明道：她经常收到汤姆的明信片，都是问候之类，没有什么具体问题。她拿出一张明信片给《新太阳报》的记者看："咱俩去马萨诸塞州水族馆的时候，你穿没穿一件黄披风？劳驾，麻烦你回答我。这个细节很重要！"这是汤姆写在明信片上的话。看来，汤姆正在研究记忆力的精确性，是关于所谓不稳定记忆和我们对不曾经历的重大事件永不遗忘意象。

托马斯·蒙克集中精力做一系列关于判决理论定义的试验。推断真理的必要条件是什么？他举例提出：麦克白有多少个孩子？这是莎翁作品中没有解决的问题。蒙克认为这仅仅是个假设，跟现实生活中任何不确定的事情一样。经过两周运用模糊整体逻辑学理论，蒙克推测出麦克白有三个孩子，以此他称之为"不肯定判决"。有了这篇论文（《麦克白的孩子，或曰非肯定系列原理》），蒙克在他做到了自己的《朱尼尔论文》被评为学术贡献奖和发表在最高级学术刊物之后，他是继乔姆斯基[1]之后的第一位毕业的大学生。他成了美国计算机编程前瞻科学领域必须提及的人物。那年他十八岁，论文发表的数量和质量被认为有足够的资历可以直接进入博士资格。实际上，在他没提出捍卫环保主张之前，他几乎没有意识到自己的社会地位已经改变，甚至校方已经邀请他住到马萨诸塞州剑桥市哈佛广场校园内的研究生公寓，他已经成了哈佛的研究生。

托马斯·蒙克聚精会神地研究理论，必然完全疏远了俗事，因此凡

1　乔姆斯基（Avram Noam Chomskey, 1928—　），美国著名语言学家。

是一切分心或者社交活动全然谢绝。他把这一理论上的禁欲主义拓展到他学院生活的方方面面：很少发表言论，简言之，不接受会议邀请。

指导他做论文的导师麦克伦·安德森催促他：不要等问题全部解决才动笔，因为理想中的全部解决是不可能的。这一催促让汤姆大发雷霆，因为他打算写出一部完美的论文来，否则什么也不写。大家纷纷劝他：不完美才正常，否则不能毕业，拿不到学位，无法教书。这些话更是火上浇油，他愤怒万分，跑出了办公室。但是，两个小时后，他垂头丧气地回来了，请求安德森，无论他多么让导师失望，千万别跟他断交。

他那时的一位同学说，当天夜里汤姆心情十分沮丧，就打电话要他弟弟过来找他。皮特开车拉哥哥去纽约。路上，兄弟二人开始争论，调子越来越高，越来越激烈、粗暴，结果交警拦下了他俩，因为他俩开着车内灯行车。看上去像是玻璃橱窗里的假人。他俩只好仔细给交警解释在争论什么（关于越南战争问题），请交警放行。交警劝告他俩："开车的时候别争论！"实际上，就是在从波士顿通往纽约路旁的一处不出名的村庄警务站上，汤姆开始拟订人称代词系列理论研究计划。"我认为但是对方不相信"就是他研究的前提之一。每组人称代词系列（我／你／我们／他们）就意味着一种不一样的现实和另外一个信仰体系。

发表这个论点以后，他获得了一个数学家可能希望得到的最高奖励：菲尔兹奖章。时年二十五岁。

他的论文指导老师安德森声称："托马斯·蒙克充满激情，思想深刻，勤奋，有霸气。在我认识的范围内，没人能与他的纯粹性相比。他是人们能理解的那种最完美的天才典型。"

许多人想，安德森是这一行的一号人物，就这样被一个波兰裔的无名小卒给超越了，结果当年从大学退休回家了，把自己关在波士顿海边的家中，他的住宅有高墙加铁丝电网，仅仅离开过两次：一次是领取诺贝尔物理奖；一次是出庭为蒙克做主要辩护证人。

安德森说:"蒙克情绪低迷时,有点像傻瓜,像个迷失方向的可爱青年,说起话来颠三倒四、结结巴巴,好像语无伦次,精神有些失常;但是,精神正常的时候,令人眼花缭乱,充满睿智,不屈不挠,思维敏捷,无论什么样的阿喀琉斯也追不上他。"

导师这一声明是托马斯·蒙克家里人用以提出托马斯精神错乱、争取改判刑期、避免死刑的主要理由。

1967年蒙克接受了位于贝克莱的加州大学数学教研室的聘请,当上了教授,那时该教研室在国内有很高威望。

有些专家分析指出,恰恰是在加州,蒙克发现了反科技的哲学思想,开始梦想逃往荒漠。也许他决定在贝克莱教书是为了就近看看处于高潮时期的资本主义运动的情况以及观察旧金山湾的无政府主义组织的活动。

麻省理工学院杰出的研究员米克·吴贝尔曼说:"蒙克是位非同寻常的教授,尽管经常因为头疼不来上课,或者因为不得不夜间出来散步、甚至走到天亮才回家不能上课。我们也常常头疼,好像紧张的思维活动常常伴随着脑袋撞墙的感觉。"

那个时期,他弟弟皮特应征入伍,在越南度过一年半,从战场上回来,染上了烟瘾(吸鸦片)。托马斯被免除服兵役的原因是健康;而弟弟上战场则是因为相信,一个作家最渴望的体验是上战场。等到他想改变这个想法时已经晚了。

皮特从战场上回来的时候,汤姆去机场迎接。他看见弟弟身穿浅栗色的军装,背着一个蓝色的用品袋,一副沉重的样子,脸上一个伤疤让弟弟的表情显得阴沉、严肃。据皮特说,就是从那个时候起,他哥哥开始谈到改变活法的决心。哥哥受不了学术界那种气氛,感到喘不过气来。慢慢地皮特在战场上的经历下降到次要地位;话题转向汤姆的打算,哥哥决定一心从事研究,远离世俗社会生活。哥哥准备隐居几年,以便深化在数学哲学方面的研究工作,也为了让自己的生活方式直接干预思想。皮特讲述道:"哥哥说:'我意识到唯心论和唯物论的吻合之处是:只有背对世界才能统治世界!'后来又说:'真实与体验很少有吻合之处。保持理智的唯一方式就是远离一切。'哥哥想与世隔绝,看看自己能不能做点真正有用的事情。"

一次,兄弟二人去高速路旁一家酒吧喝酒、吃饭。在用树干砌起的墙壁上,有大型猎物的头颅装饰酒吧。汤姆不反对打猎,不是素食主义者,不是和平主义者。反之,皮特从越南回来,强烈主张安闲和信奉东方神秘主义,好像吃素可以忘却死于战火的战友们的碎肉。

过了一段时间,托马斯·蒙克放弃了自己的学术生涯,仿佛这些不合时宜的决定本身就是他个人纲领的组成部分。他给系主任写了辞职信,我们大家后来在报纸上都看见了。皮特认为,这是哥哥试图把文化和生活结合在一起、思想和体验结合在一起。那时整整一代人都试图做同样的事情,都纷纷放下原有的常规生活方式,好像这就是接近真理的方法。

辞职后,汤姆驾车出游美国各地。每走完一段路程,就给弟弟寄一张明信片。寄出的地点各有不同,通常在杂货店的邮政服务点。(一张照片:沙漠里的汽车旅馆。后面用他那近视眼的字体写着:"每到一处汽车旅馆,不得不用三十分钟,或者三十五分钟,清除死于雨刷和发动机盖子上的昆虫。")他开上22国道,看到高速路近处有村庄他就停车片刻。(照片:大房子。"这个地方人人养蜂。到处是白色的蜂箱和头戴面具和身穿黄色服装的人,看上去像宇航员。")他甚至到了墨西哥,四处询问能不能购买小庄园或者农场。(照片:美国驻库埃纳瓦卡领事馆。"这里所有的人都在谈发生在三年前墨西哥城三文化广场屠杀学生的惨案。")后来,他掉头向北,穿越加拿大边境,上了68号高速路,直至大湖区,他到处打听有什么工作可做,什么地方能购买土地。(照片:路中央有一条大蜥蜴。"在加油站,我的手提箱被盗。里面有汽车旅馆的肥皂、一条沾了沥青的毛巾、两个红色笔记本、一个电动变速刮脸刀、一把牙刷。")在俄克拉荷马一处旅馆里，他给弟弟写了一封信（有个复印件保存在他的档案里），告知一些个人想法，那口气微微有些心烦意乱："11月3日到4日夜间，科罗拉多州路旁，一家有打字机的旅馆，他们热情地接待了我。我发现了一块好地，有利于实现我的目标，是附近州内大片的自留地。"照片显示一片森林覆盖了山坡，沿着峡谷伸展到一条大河脚下。

2

蒙塔纳森林绵延数百里，覆盖了条条峡谷和大小山坡。是一片无人居住的地区，冬天严寒，夏天漫长。传统上，这里是买卖皮货的地方，也是淘金者的地盘，常常有人钻进山里，像野人一样漫游数月之久。

托马斯·蒙克到达那里的日期不清楚，大约是70年代中期。一天下午，他出现在杰夫逊镇，自称是土地测量员，打算在这块土地上做长期调查研究。他看上去是个文质彬彬的人，愿意过隐居生活，这类人在美国很多。

据派克说："成百上千的人离开大都市，去过自然生活。这是民族灾难，到边疆去，寻找空空荡荡的大平原，过安宁的生活。我的美国同胞分化成让城市疯狂膨胀，生产汽车，铺设上万公里的柏油路的一族以及一头扎进草原与大自然共处的一族。二者之间会有一场决战，就像历史上来自高原的红种印第安人和来自城市的白种人搏斗一样。"后来，先是嬉皮士公社，接着是生态环保主义者，纷纷离开喧嚣的世界，过上与世隔绝的生活来。这些愤怒的自然之子认为自己的生活被肢解和扭曲了，他们的社会经验都是可怕的，相信一种新文化会在与世隔绝和拒绝城市化的环境中诞生。

蒙克首先搭建了一个六英尺的木板房，房子的样式是效仿梭罗在瓦尔登湖畔盖起来的模式。他很快就适应了孤寂的环境。他在森林里开出一片空地，开垦了五十米乘以五十米一块土地。在木板房后面砌好一个火灶，造了一个卫生间，挖了一眼水井。搭建了柴屋，秋天开始堆积木柴，准备过冬。

白天出去打猎，钓鱼，照看庄稼和动物，让储存食物的地窖保持通风和干燥。黄昏后，回木板房，天黑后开始在煤油灯光下读书写字。绝对与世隔绝的生活方式就是继续保持某些固定的习惯。他把生活分成一些自治程序，这些程序服从自然变化的愉快和宁静安排。问题不在于如何思考生活，而是如何为了有能力思考而生活。

那些日子，他开始写日记了。数学和逻辑学的研究和演算，他从来没有放下过。但是，阅读和写作的范围越来越大。假如你看看他的图书，想象不出他的研究方向是什么（比如，他手边的书籍有托尔瓜多·迪特亚的《阿根廷的群团社会》）；也想象不出他的作品和他的武装行动有什么关系。

这块土地和那辆小卡车都用的是弟弟的名字，因此不上税，不用电、煤气，也没有电话；他不想把这块地围起来，有时候，会在山上看到暑假出来远足的旅行者安营扎寨。他像老猎手那样设置陷阱。在村子里，用捕获的狐皮和兔皮做买卖。他花上几小时观察狩猎对象的动静，把它们的动作和习惯变化记录在日记上，这样捕获起来就容易多了。去森林里打猎时，从来不超过三小时的步行距离。他活动的范围是非常熟悉的二十公里圈内。在中心湖区附近，他做了一个掩体，蒙上了树枝，为的是监视去湖边喝水的动物。它们是野兔、野鸭，偶尔会有狼或者山猫。

一天下午，他看见一头棕熊走进水中，靠近一棵树上悬挂的马蜂窝，它打算用树枝挖蜂蜜。它潜入水中，想摆脱头上的马蜂，或者用另外一只熊掌消灭马蜂；但是，它一边舔吃蜂蜜，一边闭上眼睛，免得蜂蛰。很快，它在水中飞跑起来，身后留下一道水花。

"抹掉身后留下的痕迹，这是动物不会做的事情。"这是人类和动物最大的区别。他在日记上写道:"我们会清理痕迹,制造假线索,会变成另外的人。文明就在于此;伪装和欺骗使得我们可以造就文化。"

北风吹来的时候,一大清早,他就出去钓鱼。河水透亮,从山上下来的风,轻轻吹拂着水面,鳟鱼顶住水流纹丝不动;用苍蝇钓鱼,让鱼竿在水面上轻轻摇动,他看见鱼群争先恐后地跃出水面抢吃鱼钩。

每隔一段时间,他去村里一趟,村民们纷纷给他帮助,有时候他借工具,有时要些种子,交换条件是他为村民做些小事,他认为这样的经济活动属于换工性质——不是借贷,不是买卖——是邻里之间团结互助,是克服了工业社会强制性交换后的幸存产物。

有时,村里的老警察来木板房看他,聊天。老警察声称:"他是我认识的最和气的人。他请我吃烤兔肉和烤土豆,还有果酱夹心点心和优质蜂蜜。我俩喝我车上带来的啤酒。我一直记得那是我吃过的最佳食物,比我吃过的村长和州长的中饭、晚饭还好。"

他俩像牛仔一样露天吃饭,篝火上热着咖啡,耳边传来远处野狗的叫声。这种露天生活很有些阳刚之气,十足的美国汉子,可以说是丢下了自己职责、生活在山林、草原的男子汉。

一天下午,他在远离木板房的地方遇上了一场暴雨。发烧一个星期,只好躺在床上,喝加蜂蜜的茶水。有时也去村医院查查蚊虫叮咬的肿块,还有双手的情况,他像钢琴家那样小心在意地保养双手。

老警察说道:"我俩常常走得很远。沿着大河逆水而上,一直登上怀特山顶,从那里可以看到高速路的另外一边,那边属于另外一个州,密布着很多北方城市。"老警察始终不知道蒙克是位著名的数学家,但是觉察出蒙克的抽象知识比他认识的任何一个人都多得多。老警察说:"他特别心平气和。可以肯定,他的确干了人们说的那些违法的事情,可是应该问问他原因啊,因为他是我当了一辈子乡村警察中见过的大好人。"老警察对地方报记者如是说。

在杰弗逊镇生活期间，蒙克开始与玛丽莲交往。这姑娘是66国道旁边一家酒吧的女招待。他对她说，他叫山姆·萨林格，是旅行家，结过婚，但是老婆不爱他。他说了自己的计划，玛丽莲是最早知道蒙克真正打算的人。他对她说，这个社会不公平、不合理，很残酷。他设法让姑娘听听他的道理。姑娘自己得出了最后结论。蒙克在日记里写道，这证明自己爱上了姑娘。玛丽莲从照片上一认出那小伙子是蒙克就主动提出当庭作证，她说，那小伙子有几个月跟她过从甚密，她再三提到有个下午他身穿一件灰色大衣，里面裸体，来跟她约会，透露说，他打算丢下一切，去加拿大，找个寒冷的地方，开始另外一种生活。他问她：你觉得怎么样啊？她能跟他去冰川附近过日子吗？姑娘说，她得想一想，但是暗暗决定：再也不见他了。她本来以为他是逃兵，那个时候逃兵很多。她觉得他是个怪人，有教养，有礼貌；但是，小心翼翼，好像有意忘记干过坏事，或者是从监狱里逃出来的。

夏天，有时候，蒙克去锯木厂干活。干上一两个星期，攒点钱，买些特别的东西。

还有几个月，他甚至当上了村里小学的教师。他备课非常认真，好像要离开木板房一段时间；有时，为了靠近学校，他就住进菲尔古松太太的寄宿处。有件事让我吃惊的是：他给孩子们翻译奥拉西奥·基罗加的《胡安·达里安》[1]。基罗加也曾经隐居到森林里，盖起了自己的房屋，带着妻子和子女生活在非常困难条件下，他创作了西班牙语文学中最优秀的短篇小说。蒙克用基罗加的作品来说明文明社会的残酷和野蛮。蒙克在课堂上说：希腊文明之根就意味着驯化、训练和驯服。

蒙克见过一头梅花鹿，已经冻死在林中空地上了。起初，他以为梅

---

[1] 乌拉圭作家基罗加的短篇小说。讲的是大森林旁边有位妇女收养一头虎崽。后来，在母爱的熏陶下，虎崽变成了美少年，但是惨遭村民殴打。为了报仇雪恨，美少年变成了老虎，咬死很多人，跑回了大森林。

花鹿还活着,就躲在灌木丛后面观察了片刻。有些野生动物不能跑的时候,就原地不动。显然,这头梅花鹿是离开了鹿群。鹿群冬天都是扎堆的,可是这头鹿大概是掉队或者迷路了。它抬头望着太阳的样子,很像一头被捕获小鹿的塑像。

蒙克忽然回想起往日的幸福时光:在床上醒来,赤脚踩在地毯上,淋浴,煮咖啡,在大学办公室里开始工作。不是怀旧,而是观察过去的生活方式,觉得自己就像冻土上那头冻僵的梅花鹿。

3

终于,他开始做试验了。第一步是试验,之所以称为"试验",就相当于在实验室里,为主要研究题目做试验一样。决定试验的对象是个无名氏,免得有风险。天一黑,他就离开木板房;但是,离开前点好煤油灯,算计好煤油能消耗多长时间。为安全起见,他把煤油灯放在桌上的罐头盒里。如果一切顺利,煤油可用六个小时。假如有人从木板房前经过,会以为他在里面工作,会像从前一样,他不愿意开门,怕别人打扰他的工作。

没有人看见他上了小卡车。他驾车上路,随后转向通往墨西哥的杜兰科辅路。非目标以外的一切,他都不关心。("我只注意路上的白线和飞驰而过的树木。")事先,他换了车照,鞋底上加了一层皮,为的是搅乱足迹,化好装之后,向南方驶去。可是,情绪不冷静,不镇定,而是激动,情绪紧张让他亢奋。会有什么反应呢?与世隔绝的时间太长了,现在打算做这样的试验:"让我们与世隔绝的不是犯罪,而是首先应该与世隔绝,然后才能犯罪。"

他从北边的快速路进城。这个钟点,大街上车多、人多。孤独生活了好几个月之后,熙熙攘攘的人群让他感觉困惑。上高架桥,下辅路,拐进大商场的中央停车场。他把小客车停在职工泊车区。决定拿起邮件下车，弯腰检查小卡车的轮胎。然后，做同样的动作，把邮件炸弹放到一辆红色本田汽车的马达下方。接着，镇定地离开停车场，开到出口处，再掉头返回，从大商场另外一端再进入中央停车场。

停车场上有轿车、超市小推车；地上有白线；路旁有牌子；地面上有只海鸥在啄食油污。它可能是迷了路，把亮晶晶沥青误认为是水面了。海鸥可能在大海上飞翔了成百上千公里，但是从来不会离开海岸线这么遥远，除非弄错了方向，发了疯。它走起路来踉踉跄跄，翅膀是张开的，眼睛是红红的，半张开的喙露出小小的舌头。好像没人看到它，在停泊的车子与油污的水坑之间、在水泥地的积雪上面，它笨拙地走动着，最后振翅高飞，朝着附近楼群顶上的灯光飞去。

根据杜兰戈最佳计算机公司证实，公司的工程师和技师必须走旁门。所有的大公司都仿效这样的职工结构和功能，因此你如果熟悉了一座大楼，也就熟悉了所有大楼。这证明了制度内部的弱点：为了减少开支，楼层的尺寸和布局都是一个模式。卫生间、收银台、发货和对账处、打包台、各类办公室以及出口大门，在美国各州的公司大楼的建筑统统一个样子。同样的现象也发生在旅馆、超市、酒吧连锁店、小型电影院、大型停车场，甚至警务站和监狱的内部安排。固定重复的系统和功能的定位，节约了活动范围：好像空间布局是这样考虑的：职员、顾客、保安，可以舒舒服服地同时做与之相衬的活动，这样一来就很容易猜出那些不守规矩的人在做什么并且让摄像头立刻将其锁定。

蒙克手里有在地下实验室工作的技术人员登记表。那是几个计算机专业的工程师和毕业学生，他们社会地位下降，如今成了默默无名的公司职员，在网络链接上给顾客介绍最佳计算机公司在各处销售的更新换代产品。

还差几天就是圣诞节了，因此这个地方拉家带口的人群占据了购物区。玻璃门一开，夜间的冷空气就冲进了大厅。汽车们来来往往，穿梭于停车场上。那只海鸥从天而降,再次降落到停车场的水泥地面上。

那个头戴绿色围巾的女人,手里拿着一个文件夹,朝着那辆本田轿车走去。她样子年轻,尽管天黑,还戴着墨镜;身穿淡棕色大衣,头戴皮帽,遮住了双耳。拉开车门,把文件夹放在后座,脱掉了大衣;路灯下,她像盒子里的洋娃娃;在方向盘前坐下,打火,车子颤抖了一下,小小但清脆的爆炸声和一声巨响。

一位推着购物车、穿着一件灰色长披风的老人,看看那辆轿车停了一下,随后加快步伐迅速离去。一位拉着男孩的妇女,转过身来,侧身拉拉孩子的手,没有停步,走了。那只海鸥立即起飞,钻进夜幕里,朝着高速路方向飞去。一分钟后,一切照旧。

令人印象最深的是,他走出大商场,穿过停车场,上车,沿着城市明亮的街道缓缓前行,没人知道杀害那名女子的就是他。

美籍奥地利数学家哥德尔在哈佛大学一次谈话中说,他提出了那个让他名垂史册的不完全定理之后,整整一夜是在地铁里度过的,一路在想,因为他而改变了人们的生活,却无人知道他是谁。

蒙克在日记里记录了这第一次试验。有一种无所不在的感觉,他觉得自己越过了神圣的界线。在人群里活动,却没人看得见,他觉得自己独一无二。

第二次作案是蒙克设法阻止(或者推迟)上百万化学合成方法中回顾性干预造成的电子和生物系统合成的研究。明尼苏达州生物实验室的汉斯·佛林克莱是个德国人,身材高大,脸色红润,留着大八字胡,和蔼可亲,待人热情,是二战中苏联集中营的幸存者,他说,"斯大林式"大八字胡是那时留下的。他说:"我一照镜子就回想起我如何逃出了斯大林的手心,就感觉到越发年轻了。"他是鳏夫,打算重新安排生活;夏天,跑森林;冬天,跑步穿越校园的隧道,里面有人工照明。

那天早晨,女秘书在他的桌子上留下了当天收到的信件。本来可以换个时间再看，但是，经不住诱惑：想证实一下他在声望很高的《科学》杂志上发表了一篇非同寻常文章之后有无来信。刚一打开他以为是麻省理工学院同事的信，炸弹爆炸了，导致他重伤。

大脑受伤，从此住进大学附近的康复中心。到了上课时间，他看到年轻人纷纷从窗前走过；但是，此情此景令人无法忍受，宁可留在房间，敞开面对走廊的房门，时不时地有病人拄着拐杖或者乘坐轮椅走过。

数学家约翰·布列德洛弗，芝加哥大学年聘教授，早饭后戴上口罩，为的是避免呼吸污染的空气，他可不想春天病倒，因为所谓的过敏性疾病，他发病的次数越来越多，一到4月份就不得不住进医院。他在研究开放系列中不稳定信息逻辑，眼瞅着要出具体成果了；他有些迷信和可笑地担心，一场病会让他无法结束最后的计算工作。他对社会责任为尽绵薄之力，就是在他这个年龄和身份应尽的责任：未婚，无子女，一生献给了学术事业，深受同行爱戴。一封从加州著名数学家寄出的假信，上午十一点到了他手中，炸弹在眼前爆炸，立刻要了他的性命。

一名工程系学生（名叫约翰·胡塞尔）在加州大学计算机试验室克里厅的电脑椅子下面，发现了一个邮包，他刚一捡起来就爆炸了。时年二十二岁，已婚，有个女儿，他是反对海湾战争的积极分子。联邦特工梅嫩德斯负责把噩耗通知年轻的妻子、一个非洲裔美国女子。她居住在回廊开放式的房子里，属于黑人居住区。居民们一看见警车来了，拖延时间开门，从百叶窗里偷看警察的动静。最后，年轻的媳妇开了门，请梅嫩德斯入内。后者说了消息，交出了年轻丈夫胸前佩戴的银质十字架。媳妇，细瘦，眼睛红肿，浑身发抖，死死地盯着十字架，一言不发。梅嫩德斯站在原地不动，片刻后，女子突然破口大骂，好像梅嫩德斯成了杀人犯。

一次谋杀是针对奥兰·温特的，此人是耶鲁杰出的科学家，曾在普林斯顿大学高级研究院就读，正在从事秘密研究项目，受政府保护。衣衫不整，不理睬学术界的礼仪，结婚、离婚多次，居住在一处地堡里，有几套国内安全系统保护设施。他的一个弟子声称,那天下午他驾车送温特老师回家,看见老师走到家门口,那里有个便衣警察站岗,两颗塑料炸弹一爆炸,便衣立刻死了。冲击波裹挟温特飞向花园里一棵高大的橡树,把温特塞进那棵百年老树低矮的枝杈里,压成了X形。他于两小时后去世,是多处严重创伤和内脏出血所致。

数一数杀人次数,几乎近百。蒙克不愿意亲自接触被害人,他杀人保持距离,不碰死者;他认为死者是这个体制的运行者,他们肩负的任务就是摧毁社会上一切属于人性、人道、人情的东西。他使用的信息是任何一个差不多体面的公共图书馆都可以支配的;他从互联网上阅读开放的科研报告,然后选定暗杀目标。

4

那个时候,他的弟弟皮特收到过哥哥一封信,请他在大雪封山、封路、封林前赶来相见。皮特用了两天时间到达蒙塔那山;他一看见车子离开大路、沿着树木造成的狭窄道路驶向一片林中空地时,特别高兴;接着,他看到哥哥在路旁用一把砍刀清除镐头上的泥巴。

托马斯身穿方格灯芯绒衬衫、破旧的牛仔裤和半高筒靴,很像当地老农或是山民。兄弟相见,夕阳照在二人的脸上,激动又高兴,仿佛共同生活的一切就是每次的重逢。

让皮特惊讶的是,汤姆竟然有一只鹦鹉,准确地说,是雌鹦鹉,黄毛,样子尖酸刻薄,站在木制的笼子里,怒目侧视。汤姆说,它叫泰西。免得你说我从来不跟人说话。

泰西一听见有人说它,估计是如此吧,它在铁丝上紧张地跳来跳去,愤怒地叫喊:"汤姆,谁来了?谁在这里?"看见兄弟离开鸟笼,鹦鹉又蹿起来了,又尖酸刻薄地喊道:"汤姆,我要去旅馆!汤姆,咱们去旅馆吧!"破锣般的嗓子像疯子。

皮特说,哥哥已经变成猎人——采集者,变成了第欧根尼[1]式的哲学家。最近的邻居住在五公里之外。夏天午后,汤姆就在附近的大湖里裸泳。

报纸上发表了蒙克的《宣言》,国人纷纷阅读,皮特除外。皮特说:"当作家的,只写,不读!……"刚刚过去的两周前,一天下午,在哥伦比亚大学的小说工作室,大家讨论蒂姆·奥布莱恩[2]的战争小说,有个学生断言:《宣言》作者回收先生的风格要比课上读到的所有作家好得多。

那天夜里,皮特已经回到家中,打开电脑,阅读互联网上刊登的《宣言》。他觉得有的话很对,有的地方是幻想;但是,在阅读过程中,有个说法、一句谚语让他停了下来:"鱼和熊掌不可兼得",他连读了两遍,这个哥哥说话时经常使用老话。

皮特打电话给女友巴特里西亚·康妮,她认识兄弟俩,皮特把谚语重复了一遍。她问皮特:"你说是托马斯?"为了安慰皮特,她接着说:"不可能是他。"皮特也说:"当然不是他。"可就在这个时候,皮特心里明白了:哥哥就是《宣言》的作者。

于是,皮特登上了家中的阁楼。在 la chambre de bonne(法语:女仆房间。他在《纽约日报》发表的《我和哥哥》的自传体小说里给阁楼起的名字)的斜面屋顶下,有大堆的儿童玩具以及令人怀念往事的物件——比如,魔方、积木玩具、投掷手套(上面有影星比利·沙利文的签名)、扬基队队旗、一排按照年代顺序排列的旧鞋,他发现了一个盒子,里面有复制文件、文件和照片,其中有 1975 年托马斯寄给《时尚》的文章打字稿《被搅乱的大自然》;该杂志没有发表,退了回来。文章中有两

---

[1] 第欧根尼(Diogenes,公元前 412—323 年),古希腊哲学家,主张"像狗一样活着",是犬儒主义代表人物。
[2] 蒂姆·奥布莱恩(Tim O'Brien, 1946—),美国著名作家,擅长写越南战争题材的作品。

段一字不漏地重新出现在《宣言》里。

皮特坐在这些熟悉的物品中央,感到自己应该做点什么。楼阁里几乎没有光线,玻璃窗上是树影;黑暗中,皮特再次想到,如果汤姆是恐怖分子,他的生活就毁了。

他爱哥哥胜过世界上任何人,但是,为了阻止他疯狂的杀人浪潮,不得不牺牲哥哥时,他会做的。

皮特面色惨白如僵尸般地把情况说给母亲听的时候,她走到还在休养的丈夫面前,拉起他的手,说道:"杰西,用不着担心!"然后,看看儿子,用波兰话,冷冰冰地说道:

"我宁肯看着你死掉,也不愿意看到你揭发哥哥!"

联邦特工梅嫩德斯多次说道:"那些改变政治思想的人、前共产党员、那些对过去政治信仰失望的人们,是当代政治中真正的"enfants terribles"(法语:恐怖男孩);梅嫩德斯一看见皮特,就意识到:此人就是这类人。

梅嫩德斯声称:假如《圣经》里的犹大获胜,那我们今天在巴勒斯坦就不会有这么多麻烦了。据梅嫩德斯的看法,犹大明白基督已经变成了一个吃苦耐劳、不屈不挠的过激分子,暴力将是那位宣传颠覆论的人类牧师的最终结果。

梅嫩德斯的部下三五成群陆续到达小村,来这里的借口是各式各样的;他们有的下榻在村中的旅馆里,有的借住在地方警察的家中。他们不说找谁;但黎明时分,一一进了树林,封锁了峡谷附近地区。

汤姆一如既往过日子,没有注意到外边不寻常的动静。只有鹦鹉泰西似乎吓坏了,总是叫个没完:"咱们去旅馆吧!汤姆,咱们去旅馆吧!"显得焦躁不安。结果,汤姆不得不用一块黑布把鸟笼蒙上。这一下子可坏了,因为鹦鹉越发愤怒了,他只好拿掉黑布,因为鹦鹉在黑布下面愈发叫个不停,而且声音越来越大,越来越生气,说出来的语言让人听不明白。

终于，到了 6 月 18 日夜里，联邦特工逼近了木板房，摆出一副如临大敌的阵势。特工一向如此行事，没有十比一的优势，绝不动手；一向如此行事，好像那些嫌疑人或者被控制的对象就是准备高价出卖他们失败的罪魁祸首（他们就是这么说的）。特工们钻进树林里，一面观察木板房里闪烁的灯光；夜幕还没有完全降临；就在特工们静候闯进去的那一刻，鹦鹉开始从树枝上尖叫起来了，因为树上有它的笼子。"汤姆，谁来了！谁来了！汤姆！"汤姆从窗户向外看看，一动不动站了片刻。与此同时，警方的狙击手们用望远镜瞄准了他的脑袋。可是，汤姆转身回去了。

村里那位老警察走到木板房前，像从前一样，轻轻敲了两下。托马斯·蒙克刚一开门，特工们一拥而上，把他给制服了。梅嫩德斯以胜利者的姿态得意地进入屋内。蒙克被特工们按在地上，他抬起头，问道：

"你们怎么找到我的？"

"是你弟弟帮忙。"梅嫩德斯为了软化对方如是说。

"原来不是您干的。"

派克对我说，半斤八两一回事。每人都有自己的高招。

木板房里干干净净，整整齐齐，图书摆放在靠墙的书架上，炸药瓶子置于书架的最高一层。明面上没有武器。特工们搜查大小箱子，把所有的东西统统扔到地上。找什么呢？这时，蒙克已经在工作台前坐下，双手、双脚都上了镣铐，正在阅读一本数学分析著作。

搜查结束后，特工们感到惊讶的是，此人在这种地方居然有本事做出这种事，他们强迫蒙克站起来。所谓"强迫"就是一种说法罢了。他们打个手势。蒙克带着政治犯那样的尊严和骄傲的表情站起来了。

5

媒体立即传播并且成为人们议论的中心问题是：这怎么可能呢？怎么会发生这种事呢？这可不是美国连环杀人的传统做法了：通常杀手突然走进酒吧，杀掉所有在场的顾客，因为前一天夜里服务员不愿意为他端上一杯爱尔兰咖啡；或者是个中学生，杀掉眼前那个人，因为三个星期以来大家总是叫他"胖子"，现在又耽误了他练体操的时间。说的也不是一个超市职工，因为下岗和不能寻求工会和什么组织的援手，就登上塔楼，杀掉所有的人，成为一种私人政治暴力事件。这种事情在一个由个人主义、自私自利和非政治化构建起来的社会历史时期多如牛毛。蒙克这个案子，说的是一位精英，他多年来系统地从事暴力活动，成功地躲开了联邦特工的国家级追捕机器，他这么干的动机并非个人的，而是有政治和思想意识形态的。

他特立独行，是个自我奋斗成功的人，表现出他的文化价值观，他是个纯粹的美国人，但是他的私生活不成功，而且说明了社会制度的失败。只有他自己掌握着自己的活动秘密，多年来他不相信任何人，这些都是很不寻常的，但也是整个历史上最有美国特色的。凡是认识他的人们，都惊慌不已；有人拒绝承认这种可能性：他们结识的这个安安静静的男子会变成恐怖分子和杀手。

一天夜里，妮娜又来敲我的玻璃窗，进来跟我一起收看电视新闻。时间很晚了，由于东西部时差的原因，我俩第一次看见托马斯·蒙克出现在 ABC 新闻里。警方正在把他从监狱里转送到法院，蒙克走下警车，他身穿橘黄色的工装裤，红色的大胡子让他面部显得粗硬，但是唇边挂着微笑。看上去像个野人，像个守林人。发现有镜头对准他，举起戴着镣铐的双手，一个拳头握紧，像是胜利者的敬礼。戴着铁链的双脚，让他走起路来显得笨拙，一步步走向杰弗逊市的审判庭，这里是预审，随后要转移到加州联邦法院，地点在萨克拉门托。

妮娜说，他潜伏在树林里，与世隔绝，孤军作战。政治史上很难找到类似的事情。他像鲁滨孙一样生活了近二十年，坚持独自与资本主义世界斗争。警察在木屋里发现一本日记，一部分用西班牙语写成，一部分是密码，里面记录了他的生活和作案的细节。

检察官要求判处他死刑。托马斯拒绝了他弟弟从纽约声名赫赫的事务所聘请来的律师团的建议，他们为了避免死刑，说他精神失常，请求法院作出相应的合法处置。蒙克否决了这种可能性，已经提出自我辩护。

拒绝用不健康为由受到保护，这本身在律师们眼里就是精神失常的证明。只有疯子才坚持自己不疯，因为任何一个神志清醒的人，都不会再三坚持说自己有理智。蒙克的看法则不同，讨论疯不疯并非审判的条件，而是审判的结果。（他说过："应该成为分析对象的才能定义为关键。"）因此，他要求，他的文章和行动不是个人，才是法庭辩论的核心。因为任何人都不单单是杀手或者疯子，而是几件事情的合成、同时发生或者连续发生的事情。但是，一次行动可以根据行动的性质、目的和后果下定义。他说，政府希望说他是疯子，因为他说出的道理可以当成胡说八道而被否定。他的理由和道理不被考虑，在美国古已有之，在美国，激进的政治道理被看做是人格分裂。按照蒙克的看法，说他是疯子，不许他自己辩护，等于是用苏联精神病疗法，苏联政府一向认为，持不同政见者是疯子，因为理智健康的人是不会反对苏维埃政权的，因为苏联是天堂，有历史意义。今天的美国，由于在冷战中获胜，就觉得美国是莱布尼兹[1]的完美世界，反对美国的人都丧失了理智。发明暴力的不是我，暴力早就存在，今

---

[1] 莱布尼兹（Leibniz, 1646—1716），德国哲学家、数学家，被誉为17世纪的亚里士多德，大约在1672—1676年莱布尼茨在巴黎时发明二进位制。

后还会存在。莫非就是只有以政治为目的暴力案件才被看作疯狂行动吗？蒙克问道：一句话，只有反体制的人们是疯子，其余的都是罪犯吗？

大家的争论都集中在"怎么干的"（蒙克是怎么干出那些事情的？），而不讨论他为什么要那么干。一碰到政治事件，就不问为什么。（为什么奥斯瓦尔多要刺杀肯尼迪？）大家只关心是"怎么干的"（奥斯瓦尔多当时在办公楼高层，手持高度精密瞄准镜的步枪）。但是，到了最后提出关于原因的问题时，总是说："疯了。"

汤姆早就拒绝跟哥哥、爸爸说话，仅仅同意接待母亲来访。媒体称他母亲是"波兰女钢琴家"。这是个勇敢、坚强的女子，拒绝任何报导和评论此案的记者来访，因为她不埋怨任何人，心里想到什么就说什么。她说，虽然我儿子的行动难以理解，但他不是疯子。我同意审判他，希望判刑前听听他说什么。她是唯一似乎理解蒙克并且站在儿子一边的人。这证明了她有不对的地方，因此人们纷纷暗示，蒙克心态的真正罪人是这位波兰钢琴家，因为她性格古怪，站错了位置。从探监的地方出来，母亲没有停留，只有在NBC广播台的记者面前站了一下，此前这个记者说蒙克是"森林魔鬼"。

"您认识我儿子？跟他说过话吗？"

"他那些行为就让我明白是怎么回事了。"

围观人群敌意的叫骂声淹没她的回答。

她每天都去探监；但是，最后屈服了，因为害怕儿子被判死刑，她也声称儿子有精神病。从此后，儿子不愿意再跟她说话，不再接待她。蒙克不想用牺牲自己的原则来换取性命。按法律说，他有权做自我辩护，除非他疯了。他弟弟提起诉讼，请法院裁定哥哥没有自我辩护的能力。

远处，在记者、律师和准备骂蒙克和向镜头致敬的围观人群的圈子外面，有一小群积极分子在举行游行，反对法院判处死刑。他们提出对蒙克进行政治审判和刑事审判。他们举着标语牌，上面贴着蒙克上大学时的年轻照片,下方写着:"布什是杀人犯。"有个独立的游行者,远离人群,举着标语牌,上面写着:"蒙克指明了道路!"这位游行者是第一个被警察拖进卡车里的人。

8月初,警方要把蒙克转移到萨克拉门托去,那里开始预审。检察官提起公诉。公共舆论同意检方的指控。但是,空气中游荡的死刑幽灵加剧了辩论的激烈程度。

在《民族报》上,一位由法院请来的心理分析专家,在谈到托马斯·蒙克的时候,他的意见是:"整个事件不仅令人迷惑,而且有启发性和说服力。恐怖分子企图利用思想证明暴力行为的正当性,但思想本身是不会培育出恐怖分子的。蒙克并非简单地以疯狂姿态出现,他所表现的是心智超级扭曲,困惑,愤怒和邪恶。专家揭示科技社会应为蒙克的出现负一定责任,但不是全部。"一位杰出的法律专家,哈密尔顿博士,在接受《村民之声报》采访时说道,蒙克阐述的道理有根有据。"是讲逻辑,明白无误,有根有据的道理。这几天我亲自见了这个人。在我俩的接触和谈话中,他没有丝毫的精神病迹象。这是个头脑清醒,有理智,和蔼可亲的人。眼下,的确,他有某些理由与他犯下的杀人罪行时不能兼容的;但重要的是明白有许多案子,某人可以说:'对,合情合理,可以为杀人辩解。'实际上,政府常常搬出这样的理由:如果打起仗来,杀人是有道理的。在蒙克的《宣言》和他那些解释里,实际上在做同样的事情。但是,一个人能起来对抗国家吗?"

妮娜说:"国家,是啊,国家。要不是他弟弟背叛,警察发现不了他。这不难以置信吗?"

我和妮娜这天下午坐在她家客厅里,外面很热,室内开了空调。金鱼们在鱼缸里兜圈子。她那安静的蓝眼睛在看着我。

背叛也能受到表扬吗?蒙克的母亲曾经说:我宁愿看到汤姆死掉,也不想知道他弟弟是叛徒。好吧。不能为告密辩解。丝毫不能辩解吗?妮

娜问道。接着,她低声吟诵安娜·阿赫玛托娃[1]的诗句:

> 敌人对她酷刑拷打:说!交代吧!
> 她一声不吭,没有呻吟,没有叫喊,
> 她的敌人一无所获,傻啦!

如同死于他手下的牺牲品一样,蒙克也做到了用思想代替情感,用信念代替同情。如同那些死者一样,蒙克不偷盗,不绑架,不要金钱。他认为那些人肩负着制度职责,他们在完成一项任务:要毁灭社会上的一切人性、人情、人道。他像他们一样,也希望将来有一天,不可理解的事会得到理解,有了自己的意义。有意义吗?有,因为有秩序,但是,要在普遍的混乱中发现秩序,就必须特别冷酷无情。

"为了理解他,应该跟他谈谈。"妮娜说。她早就说过:谈谈,好像他是一位朋友,请他解释解释。后来,她又说:"应该找那人谈谈。"

我起身走了。妮娜打算在欧洲过夏天,她有个女儿住在欧洲。

她说:"亲爱的,我会想你的。"

我俩在她家的花园里告别。她家与我家花园比邻,因此穿过篱笆门,我就上楼到了书房。我又一次从窗口看到她在花丛里(郁金香、映山红、蓝色牵牛花)走来走去,多亏了她百般呵护,这鲜花越过了寒冬。

我应该认识认识蒙克。这可能吗?我用了两周的时间盘算这件事。终于,有一天,大约是7月中旬,我找到了可以说明探监的理由。

---

[1] 安娜·阿赫玛托娃(Anna Ajmatova, 1889—1966),前苏联著名女诗人。俄罗斯"白银时代"文学代表人物之一。被誉为"俄罗斯诗歌的月亮"。

第十章

炎热把校园变成了荒园;学生们已经走光;女秘书们上午办公;图书馆晚上不开放。妮娜已经去凉爽的地方旅行。我照看她的住宅,给花浇水,开窗通风,给金鱼喂食,它们总是那么愚蠢地在鱼缸里兜圈子。

流浪汉奥赖恩还在坚持兜圈子(蓝点停车场,戴维森超级市场的卸货处,树下木凳,极小的老接待室);他随身携带着总是播音的收音机;身穿那件白色风雨衣和一条围巾,因为热气不足以解决他的老寒腿。每当看到我穿过校园去办公室,他就从远处打招呼。

剩下我一人了,孤独中我不得不作几项决定:到月底应该离开休伯特教授家,装箱,打包,决定是否回阿根廷,还是接受贝克莱大学的邀请,去工作一学期。跟他们打过两次电话,准备了一份关于简短程序中有条件违规操作问题的讲座,实际上是一次职业演讲;我打算去加州旅行,不大清楚以后要做什么。就在我消磨时光,出门散步,寻找小区花园里树荫下凉快地方或者比较中立地区待一待的同时,超市里有空调,人少,你可以在明亮的货架子中间走来走去,把购物车装满东西,在收银台前排队等候,直到那唯一的收银员、那位多米尼加或者巴基斯坦小伙子出现,他总是从远处一块透明的塑料布拉帘后面跑出来。我时不时地从书店里租一部电影,或者在小世界喝杯咖啡。伊丽莎白经常来看我,因为我不再去纽约了,因为那里总是堵车的街道和野猫让我心慌意乱。

我感觉惴惴不安,大部分时间不在家里过。因此,总是在街道上闲逛和钻进大学办公室并且关闭门窗。我喜欢走在空空荡荡的大楼里,走廊里有自动开关的灯光和非常凉爽的空调机制造的空气。在楼里,从早待到晚，无所事事，消磨时光，有时去休息室小厨房，煮咖啡，吃核桃和杏仁，是教研室聚会剩下的。有好几天，我的食物就是核桃、杏仁和咖啡。

办公室几乎空了，因为图书还给图书馆了，书架上都是过期的会议通知，现代语言学会的通讯，小册子，一些大学出版社的书目，一本杂志（《新日耳曼评论》）是从前这里的人订购的，三四本德国文学作品和几部词典。还有几个档案箱装满了旧试卷、论文计划、履历表格、已经没人看的文章复印件、期末总结报告。年复一年的劳动成果堆积在办公室里，那是在我之前，几代文学老师的地盘。直到有一天下午，我要离开办公室，关掉顶灯后，走廊上的灯光照到了康拉德《间谍》的红色和黄色的封面上，那是企鹅经典[1]的版本。此前，它静静地躺在书架最下面一层，虽然清清楚楚，却无人看见，要不是灯光与发亮的封面有那么一丝连接，我也看不到它。艾达在上课的时候用过这本书，是那要命的一夜，她把书留在这里了。

她为什么要把书留给我呢？我在琢磨这事，一面神经质地嚼着核桃仁。忽然，我想起有一次艾达在村有机食品店购买了两百克加勒比混合食品，这是一种有杏仁、核桃仁、干果和葡萄干混合而成的食品。

回忆是无序的，回忆往事常常让我们分心，不再注意心事。我不在乎意外的回忆，认为它是次品，是设计错误所致。荒唐地回忆往事容易扰乱思维，让我们专心思考的事情偏离方向。的确，我和艾达在纽约度过的那个周末，在床上，吃过核桃仁和杏仁。但是，我想重构艾达在走廊里那一刻：她左手拿着邮件，肩上挎着皮包，右手拿着一些纸张，一看见我来了，她转身对着我，表情很奇怪：高兴又不高兴。

大概她要对我说说《间谍》，可是我打断了她的话，急急忙忙要说晚上约会的事（在凯悦酒店）。激情紧急，总是咄咄逼人。她要我拿着那些

---

1 企鹅经典（Penguin Classics），是英国企鹅出版集团推出的一套橙色系文学名著经典丛书。

纸张,在皮包里找笔。干吗用啊?记不得了,只记得她在皮包里找笔的表情,接着,她笑了,说道:找着了,对,就是这个,可是她马上得走了。她问我:你干吗离开会场啊?(现在我想起来了:为的是把预订的旅馆房间号给她。)她顺着走廊向电梯走去。我留下来,手里拿着康拉德的长篇小说《间谍》和那些纸张。看上去这里面没有明显意图,但是,车祸发生后,一切细节都变得有意义了。在《间谍》的封底上,有她上课的节数(555学时)。那些纸张是系主任发出的无用通知,或者是值班童子军关于性骚扰危险的提示:"接待学生,无论男女,不要关门!不因私事约见学生!别叫学生的乳名!"艾达在3月上半月,即7号星期四,讲过《间谍》,即发生可怕车祸的前一周。这是一个信号,一个标志,每人在自己的十字路口上都会遇到。

多年前,我读过《间谍》,但是今天,艾达这些书上的记号让我激动地重读,就像有人对自己熟悉的城市按照地图重新走了一遍。她标出的记号如同另外一部小说,好像个人留下的信息。艾达精准地标出记号,规范地标在她觉得有意义的空白处。这没有什么特别之处,使用的是她自己的符号,小小的标记,小小一个字母,比如,一个">",或者一个惊叹号"!",特别感兴趣的地方,写上一个ojo(西班牙语:注意),在不愿意忘记的那一页,画几条垂直线。这些记号里包含句子、箭头、半曲线,或者直线(像是用直线笔画出来的),是线索、遗痕;我跟着这些标记前进,仿佛与艾达一同阅读。

有时,我迷了路,找不到方向了,迷失在字里行间,是往事涌上心头,搅乱了我的注意力,或者是脑海里翻滚的意象闹得我心不在焉。我想象着在我老家的卧室里,就是国会街边那栋房子里,朱尼尔躺在我家的床上,裸体(但是戴着眼镜),开心地翻阅着我在一本书(也许很多书)上画的线条。他会这样对克拉拉说:"嘿呀,瞧那个傻瓜画的线条!"与此同时,克拉拉弓着腰身,像优美的希腊式凯旋门,手指捏着棉花棍(散发着丙酮气味……）在染脚趾甲。我居然闻到了那股清香！一种紫罗兰的气味让我放下了铅笔（从来不用钢笔画线），这是我的阿丽德娜[1]为了我留下的线条。想着往事，跳跃式地阅读艾达的信息——没有语法连接，首先感觉不爽的就是句法。问题是，这是信息吗？有时连续几页没有记号。在书上做笔记，大家做法相同，是为了重读的时候，有线索可循。我干过这种事呀！我跟着艾达的记号读下去，如同跟着高速路上闪烁磷光的路牌（通向奥兰隧道出口）。最后，我们意识到做记号的地方有某种意思。

她的记号不是那种打台球画的粗线条，不是随便什么喜欢书写的东西就做记号，而是用她自己的记号在编织一个秘密故事，低声说出的小小残留物，好像温柔的悄悄话在陪伴着静悄悄的文字；我再次听见了她那沙哑的枕边风吹拂着我的耳廓，回想起她那枕头上发亮的面庞。比如，有时她强调一个单词炸药；过了几页之后，强调爽。从一个女人给一本书做记号的方式上，可以识别出她的心肠（殷勤、细心、个性、好斗），因为你要是爱一个人，那么她在书上留下的记号会跟她一样。

康拉德的《间谍》按照艾达的指引，可以看出一个既明显又隐蔽的复杂情节。伦敦有个无政府主义分子决心炸掉格林尼治时间表，为的是提醒有权有势的人们：你们要注意了！又为了唤醒沉睡者和被剥削者。（巴黎公社起义的工人们，开枪打坏了全城的钟表。）那人作案未遂，但是，小说偏离到主角身上去了（但在书中是次要地位）。就是那位教授。他是职业革命家，丢下了令人炫目的学术生涯，加入到无政府主义组织里了并且领导同志们的活动。艾达把这位教授变成了兴奋点（她在这一页上方的空白处用花体字写道）：信念！

这位教授缺乏对社会的忍耐力：不屈服于"许可"（重点号是我加的），他是叛逆者，为理想、事业献身。他生活在价值观颠覆的世界里，

---

[1] 阿丽德娜（Ariadna Cabrol, 1982— ），西班牙女演员，2006年出演过电影《香水》。

如同隐士生活在神秘主义的视野中一样。与世隔绝是他让政治有效果的条件。"我有勇气独自工作，绝对独自一人。我年复一年都是独自一人工作。"这句话下面艾达用曲线标出（好像读到此处，她吃了一惊，或者是在新泽西铁路公司的列车上摇摇晃晃地画出来的）。

> these institutions which must be swept away before the F.P. comes along?'
> Mr Verloc said nothing. He was afraid to open his lips lest a groan should escape him.
> 'This is what you should try for. An attempt upon a crowned head or on a president is sensational enough in a way, but not so much as it used to be. It has entered into the general conception of the existence of all chiefs of state. It's almost conventional – especially since so many presidents have been assassinated. Now let us take an outrage upon – say, a church. Horrible enough at first sight, no doubt, and yet not so effective as a person of an ordinary mind might think. No matter how revolutionary and anarchist in inception, there would be fools enough to give such outrage the character of a religious manifestation. And that would detract from the especial alarming significance we wish to give to the act. A murderous attempt on a restaurant or a theatre would suffer in the same way from the suggestion of non-political passion; the exasperation of a hungry man, an act of social revenge. All this is used up; it is no longer instructive as an object lesson in revolutionary anarchism. Every newspaper has ready made phrases to explain such manifestations away. I am about to give you the philosophy of bomb throwing from my point of view; from the point of view you pretend to have been serving for the last eleven years. I will try not to talk above your head. The sensibilities of the class you are attacking are soon blunted. Property seems to them an indestructible thing. You can't count upon their emotions either of pity or fear for very long. A bomb outrage to have any influence on public opinion now must go beyond the intention of vengeance or terrorism. It must be purely destructive. It must be that, and only that, beyond the faintest suspicion of any other object. You anarchists should make it clear that you are perfectly determined to make a clean sweep of the whole social creation. But how to get that appallingly absurd notion into the heads of the middle classes so that there should be no mistake? That's the question. By directing your blows at something outside the ordinary passions of humanity is the answer. Of course, there is art. A bomb in the National Gallery would make some noise. But it

《间谍》

维尔洛克先生没有说话。他不敢张嘴，怕一张嘴就会哼地一声表露出自己的不满。

"你应该在这上面想办法。暗杀国王或者总统固然可以轰动一时，但是也不像从前那样耸人听闻了。有国家就要有元首，这个概念已经家喻户晓了。暗杀国家元首几乎成了老一套了——特别是因为许多总统遭到暗杀，这种事更是司空见惯了。咱们好不好也制造一次暴行，比如说炸掉一座教堂。乍一看够可怕的，这毫无疑问；然而老百姓却觉得没什么，那就没有什么效果了。不论你一开始是多么革命、多么无政府主义，但还是有一些人头脑迟钝，认为这种暴行是由宗教纠纷引起的。我们但愿这种行动具有特别惊人的意义，倘若被说成是宗教纠纷，它的意义也就被贬低了。袭击饭店或者戏院而发生的凶杀案同样会被说成是一时基于义愤，并非政治事件：充其量不过是饿肚皮的人怒火中烧，仇恨社会的报复行动。这一切都没有什么好处；革命的无政府主义已经不足为训，不能作为实例来教导人了。每一家报纸都可以用现成的词句把这种种表现解释得无影无踪。我打算把我关于丢炸弹的哲学观点摆出来给你听一听，这一观点也就是十一年来你自以为是为之服务的观点。我不想讲得叫你莫名其妙。你所攻击的那个阶级的敏感不久就会变得迟钝。在他们心目中，财产似乎是不会被摧毁的。你不能希望他们永远发善心，也不能指望他们长期怕你。如果一颗炸弹能够影响公众舆论，那么丢炸弹就不仅仅是复仇或者是恐怖行动。它只能是纯破坏性的。必须这样，而且只能这样，绝不允许人们怀疑它不是破坏性的。你们无政府主义者应该明确表示你们下定决心要把社会创造的价值全部清除。可是怎样把这个荒谬绝伦的想法灌输到中产阶级的头脑里去，让他们相信这是没错的呢？这是问题所在。你要打击的不是别的而正是一般人的情感万万不能允许破坏的一些目标。当然，还有艺术品，它们也是目标。一枚炸弹投进国家画廊当然会引起轩然大波。"[1]

接下来，往后看，同样的划线让人看到了主张直接行动的理论；不必建议什么未来完美社会；用不着搬出什么美好心灵的希望迎合潮流；贫穷、受辱和悲伤不是这些人行动的借口，他们希望能被体制内理解和接

---

[1] 《间谍》康拉德著，张健译，北京：外国文学出版社 2002 年 6 月第 1 版。

受；不必要求什么；应该用一个明白又神秘的信息直接攻击权力核心。"没人能说得出社会组织在将来会是怎样的形式。为什么要对预言家的幻想感到高兴呢！"

我记得当时我把《间谍》放到一旁，走出办公室，沿着大楼走廊去散步，走起路来像梦游患者。艾达准备把小说里的碎片连接起来，织成可以看到蒙克形象的透明网络；并非真相，仅仅是在两个谜团之间搭桥，一个谜与另外一个谜并列，可以给人启示。她是在被害前把书给了我的呀！是个通知吗？那么她知道消息了？知道有危险？

核桃仁吃没了，只好吃饼干，丹麦产的，方块饼干，像是用纸板做的。艾达要指明的事情，我懂了：这是一张蜘蛛网，阿丽德娜的一根线；于是，我把艾达划出来的句子隔离开来。

对政治人物的谋害是可预见的，并且是革命暴力的通常目标。谋害政治人物不会让人生气，因为是游戏规则，差不多成了自然而然的事，特别是在一系列政治领袖、王公贵族和高级行政长官死后，更是家常便饭。

现在，咱们来考虑另外一种谋害，比如说，破坏清真寺或者教堂。无论破坏的企图是颠覆性的还是政治性的，人们会立刻说这样的破坏具有反宗教的仇恨性质。这样一说会减弱该行动的警示意义和没有恰当的道理，而我们是想赋予我们的行为某种道理的。

破坏餐厅或者剧场同样可以解释为一种政治激情；可以说它是一个失业者的愤怒表示；或者说它是为寻求报仇雪恨的迷失者对社会不满行动。社会可以立刻放心："啊，是阶级仇恨！"或者说："啊，是宗教狂的产物！"不要为我们的进攻找意义。

过去的已经过去了，没用了，没有教训可取。社会有解释革命行动是偶然发怒的案例。而我们则应该寻求纯粹行动，它是不被理解，无法解释的，是会令人惊讶和反感的。

我们应该尝试一种可以打动人之常情的行动、一种超越报纸老一套解释的行动。我们应该设法不让社会对我们的行动作出解释。我们做出来的事情应该是谜一样，无法解释，几乎是人们想不到的。我们的行动应该既令人难以理解又合情合理。

先生们，我们的政治目标应该成为科学常识；权力结构就是建立在这一常识基础上的。

这样的话，在这个野蛮粗暴和喧嚣的时代，我们的声音最终会被人们听到。

今天，人人都相信科学；神秘地认为数学和技术是福利和物质丰富的起源。这就是当代的宗教信仰。

向这个社会普遍信仰的基础发起攻击，是当今的革命策略。只有我们能把燃烧弹投向数学和科技的时候，我们才会像普罗米修斯那样成为起义者和真正实际行动的男子汉。

将这一信念付诸实施的人正是托马斯·蒙克。用抄写一部文学作品片段的办法，是可以描绘出一个具体人的性格和一系列重大事件的，这难道还不值得注意吗？一部小说可以理解的现实并非现实，让长期以来不被理解的现实得到理解的是小说。

一心一意读书会有些孤僻和凶狠，这样的话，读书已经变成了一种生活态度。

这让我想起那些阅读《易经》的人们，他们是根据《易经》的内容来决定自己行动的。好像蒙克就是在文学作品里找到了确定自己秘密行动的道路和人物的。他是个在文学中寻找意义并且用自己的生命实践文学的小说读者。包法利式的浪漫人生观[1]：是个术语，用来表示人有了能力，可以设想他人并且创造出一种想象的人格。这个术语来自爱玛·包法利，福楼拜小说中的人物。后来，法国作家儒勒·德·戈蒂耶[2]（1906年发表了《包法利主义》），应用了人类会为自己编造幻想的说法，拓展了这一术语的含义。在一个控制想象力和把现实标准强加于人的社会里，应该广泛宣传包法利主义，为的是增强人们的信心和捍卫自己的想象权利。

我在布宜诺斯艾利斯的老朋友们此前做了同样的事情：阅读切格瓦拉的《游击战，一种方式》之后，揭竿而起，上山打游击去了。他们读了列宁的《怎么办？》，就成立了无产阶级政党；读了葛兰西[3]的《狱中札记》，就加入了庇隆主义党。读了毛泽东著作，立刻宣布开展人民持久战。

但是，蒙克更加激进。在当今这片没有理想、没有希望的荒原上，那里没有强大的社会虚构力量，对现状别无选择，于是，他像堂吉诃德那样选择了自己相信虚构的道路。这是一种首先狂怒和痴迷地阅读骑士小说，然后出门去体验小说的堂吉诃德。但是，蒙克更加偏激，因为他不限于说说，比如在《堂吉诃德》里（塞万提斯这个可怜的基督徒还特别小心地不杀人），而是把说说变成了真正的实践，做成了大事。

在康拉德的《西方的目光下》，拉苏莫夫是个双重间谍，是个真正卡夫卡式的人物，他听见一位俄国流亡出来的革命女英雄这样说道："拉苏莫夫，请您记住：妇女、儿童和革命家都讨厌嘲讽，因为嘲讽是对一切渴望得救的本能、一切信仰、一切虔诚的态度、一切行动的否定。"他认真地读过这部虚构小说吗？

决心改变生活，这是康拉德的伟大主题。在小说《金爵士》里，主

---

1 包法利式的浪漫人生观（Bovarismo），指的是法国作家福楼拜的长篇小说《包法利夫人》的人生设计。
2 儒勒·德·戈蒂耶（Jules de Gaultier, 1858—1942），法国著名作家，文学评论家。
3 安东尼奥·葛兰西（Antonio Gramsci, 1891—1937），意大利共产党创始人，著有《狱中札记》。

人公一度因为胆小跳船险些淹死,决心修正过去的生活,要变成像杰伊·盖茨比[1]那样勇敢的人,他买下面向大海的一处住宅,举办晚会,诱惑那位从前抛弃了他的姑娘。改头换面,重新做人,不再当教授,变成一种讲究实际行动的人。比如,在《黑暗的心》里,库尔兹,一位学者,尼采的读者,纯粹按照暴君的意志,在刚果恶劣的环境里,建造一个虚无的帝国:恶之国。

我出门上街,心情非常激动,来到奥赖恩身边,开始对他讲述我的发现。我俩坐在树下的长凳上。他不停地摇来晃去,大概是身上的虱子在咬他;大概他也有康拉德式的不安,再说了,他是谁呀?他是我流亡生活里唯一朋友。他非常专注和耐心地听我讲述(虽然时不时地打开收音机——声音很响亮——听听新闻和天气预报),最后突然低声用非常连贯的句子,加上一些模糊、分散的单词,说道:"应该设法把警察引向迷魂阵。"

我用了几天的时间在思考康拉德的著作,但是没写文章,而是决定行动,找派克谈了。派克告诉我,1984年蒙克的确跟家里人说,多年来他把康拉德的小说读过十几遍。联邦调查局从他们的角度查明,托马斯·蒙克数次住在旅馆,就像康拉德一样,把旅馆当成作案基地;还曾经使用库尔兹的名字签字;他在密苏里州登记的名字是马洛。另外还查明,炸弹上的字母 FC 很像小说炸弹上的 FP。

哈佛大学文学教授、外国文学专家大卫·霍恩博士,在检查准备审讯的材料时声明:"他显然借助虚构来使他的生命具有意义。"按照霍恩博士的看法,他显然是把自己想象成伟大的历史人物了。文字是他全部的世界。

---

[1] 杰伊·盖茨比(Jay Gatsby),是美国作家司各特·菲茨杰拉德1925年创作《了不起的盖茨比》一书的主人公。

蒙克行动了，以为没人能发现他的生活和《间谍》的关系。因此，对我来说，关键在于，艾达阅读康拉德作品时发现了这层关系，因为她认识蒙克。他们有什么关系？她知道吗？她早就猜出来了？只要她从前认识蒙克并且跟踪过蒙克的去向，她就能从《间谍》里发现蒙克的足迹。她和蒙克是在贝克莱大学认识的吗？那时她是研究生；蒙克是教授。派克说：很有可能。在联邦调查局的档案里，没有清楚的材料，只有她和蒙克在日期上的吻合。对艾达之死，为什么不提出一种假设呢？如果我想找到答案，那就得去加州见见蒙克。

现在是8月，9月我得在贝克莱大学作报告。蒙克已经被转移到萨克拉门托了，准备迎接审判，探视的人们是朋友、支持者和为他辩护的人。派克自告奋勇帮助我，可以给我一张侦探社的工作证和一封介绍信，说明我正在应艾达家属的请求调查艾达的死因。就是一张有我姓名和照片、侦探社地址和我的社保号码的工作证罢了。

第四部　火中手

第十一章

1

两天后，我登上了纽约飞往旧金山的TWA航班。一大清早，就到了旧金山，在机场上租了一辆轿车，向北，上了101国道，通过一片黄色的山坡，穿过一个都是用预制板建筑的住宅区。传奇式的民间女歌手马尔维纳·雷诺兹[1]唱过这些郊区的公寓楼：*little boxes*（《小盒子》）[2] "of different colors"（不同颜色的小盒子）"all made out of ticky-tacky, and which all look just the same"（它们全都用廉价材料制成，看上去都一个样子。）哦，亲爱的克拉拉，她喜欢这首音乐，还喜欢琼·贝兹[3]、皮特·西格[4]以及马尔维纳·雷诺兹。那个流氓朱尼尔一定正在用我的唱片呢。两辆小卡车全速超车，车厢上涂满怪异的颜色，用最大音量播放着：两辆摇滚车厢乐队带着粉丝，高举广告牌宣传即将举行的音乐会。车辆速度很快，有所控制，但依然混乱。这一天是星期二，似乎人人都去海滩，拉着小船和滑水板，有的放在车顶上，有的拖拉着外置马达的游艇。

---

[1] 马尔维纳·雷诺兹（Malvina Reynolds, 1900—1978），美国民谣、布鲁斯（蓝调）音乐歌手、作曲家。
[2] 《小盒子》是电影《单身毒妈》片头主题曲。
[3] 琼·贝兹（Joan Baez, 1941—），出生于美国纽约斯坦顿岛，著名的民歌手，她的声音高亢独特，人生经历传奇。
[4] 皮特·西格（Peter Seeger, 1920—2014），出生于纽约，美国民谣歌手、作曲家。

公路一侧可以看见豪华住宅和一家大计算机公司的停车场。那不是工厂，而是设计成大旋转滑水板形状的玻璃实验室。就像硅谷一样，里面的交易量高达数亿美金；业务主管身穿百慕大齐膝短裤和旧金山生产的凉鞋。而我则驾驶着租来的雪佛兰飞驰在公路上，四周是海上吹来的轻雾，我在挥霍着一个学期积攒下来的一点钞票。尽管此前决定花钱住旅馆，闷头写完这本书，现在却在公路上烧钱。是什么书？记不得了，也不知道要写的这本书是否就是那时的生活。

沿着80国道穿过海湾大桥，开上几公里，拐向北，就到了贝克莱。阳光，街上的姑娘，铁桌子传来的闹声，在流动摊位上出售点心、留发辫的老嬉皮士。很多人纹身，很多人像人妖，很多游客。

派克事先给了我两个地址，以防我遇到麻烦，或者需要帮助。一个是山姆·卡林顿的，汽车商，也帮助取保候审的犯人交保证金。那些犯人用干活的方式还钱，至于干什么活，派克不愿意给我说明。另外一个地址是邮电路上一家酒吧老板娘法蒂（是派克的叫法）的，关于贝克莱和周围情况，她都知晓。她是50年代的名演员，装饰酒吧的那些照片和图片可以为证：她在多丽丝·戴[1]和奥黛丽·赫本[2]的情感喜剧里有角色。就是她为我指明了去萨克拉门托的道路，还给了我一些有用的忠告："要是你希望别人认真待你，就别说西班牙语！别靠近美国佬和警察！别从提款机里取钱！身上别带现金！"离开那家酒吧，上了沙特克大街，很快到了法兰西旅馆。服务台前，我说：是老板娘法蒂介绍过来的。于是，给了我一个舒适、安静的房间。服务员只记下我社保卡号码，复印了我的驾照。

我身上带着艾达在圣保罗大街附近一条小巷的住址，距离老市场一

---

[1] 多丽丝·戴（Doris Day, 1924—），美国女歌手、电影演员。50—60年代叱咤好莱坞影坛，有"雀斑皇后"之称。

[2] 奥黛丽·赫本（Audrey Hepburn, 1929—1993），英国女演员，1954年出演《罗马假日》获得奥斯卡最佳女主角奖。

个街区,那里什么都可以买到,看上去也会有买卖爆炸品和别的违禁品的生意。

艾达从这里走后已经过去很多年了。我在小区里走来走去,不知道该不该打听她的事情,觉得最好先找到地方邮政局,它位于奥尔斯顿大街 2000 号,有古老的西班牙风格拱廊,对面是个广场,那里有几个身穿百慕大齐膝短裤和披着雨帽、雨衣的年轻人围成一圈在聊天。邮政局的窗口不办公,只有旁边一个小窗口有人接待,里面是个男的,一张猴脸,是母猴的面甲,是赌台营业员常用的那种,还有白色套袖上的补丁。我对他说,我是私家侦探,受聘于艾达女教授家属,女教授在新泽西一次车祸里死了,她读研究生的时候在这里住过。他听我说完,一言不发,去找另外一个男人,模样像他,也戴着面甲和补丁,但是个黑人,说话有海地口音。我问他艾达是不是留下了什么地址,请邮局转寄信件。那男人记下了艾达的名字,转身走了,片刻后回来说:是的,她的确租下一个邮箱,用来转寄可能来到这里的信件。她已经委托了某人来取信。经过一番讨价还价(我在一张吸墨纸下面塞了五十美金),他同意把那位取信人的地址给我,取信人名叫爱伦·迈克高丽老师。黑人响亮地说道:"哥儿们,我半句没多说。"

我从北边穿过校园,登上小山,进入有高大住宅(仿白色大理石的木结构建筑)的居民区,有大面积花坛。走过了几条弯弯曲曲的街道——塔玛派斯、玫瑰街、拉克鲁斯街——直到山顶才找到灰熊山。我从住宅入口的信箱上证实这是爱伦老师的家,她居住在一楼,墙壁是蓝色的,有朦胧的墨西哥风格。爱伦消瘦,满头白发,蓝眼睛,身穿绣花太阳裙,脚踏皮凉鞋。看上去不是很开心,对我是客客气气的,用嘲讽的眼神看看我的工作证之后,请我进去坐坐。她说:"您是我认识的第一位侦探。我原以为已经没人做这一行了呢。小说里的侦探都比您个子高大。"我说:"我们这一行在滑坡,不如从前了。"

爱伦老师退休前是比较文学教授，曾经是艾达论文的第二审稿人。她喜欢艾达，一直想念她；她用纸巾在右眼上擦了一下，像是眼泪。我俩坐在阳台上，喝着薄荷冰水，她希望了解更多情况。我告诉她，艾达死于一桩非常奇怪的车祸里，有些人认为，可能是谋杀。也许我们能找一些可以澄清问题的材料。她的确替艾达收过信件，但是已经好多年没收到任何东西了，除了本地区大学通讯和MLA（出国留学申请）的小册子。我感觉她很快就明白了，我对艾达的关注是个人行为。她问我：您认为是有人害了她吗？我说：天知道呀！有几种假设罢了。您的假设呢？我拿出康拉德那部作品给她看。她用专家的眼光迅速翻翻书。我想，她认出了艾达划重点的方式。她问：这又怎么样呢？我说：可能与托马斯·蒙克有联系。她惊讶地看看我，喊了一声："哎呀，我的上帝！"说罢，点了一支香烟。艾达在这里念书的时候，蒙克是数学教研室教授。您不记得艾达对这位波兰朋友有什么议论吗？艾伦说：艾达的确有很多朋友，她是个很有人脉的姑娘。她瞅瞅我又说：如果你会善待她，她非常让人喜欢。她很有个性，有些赶时髦，特别勤奋。这是论文导师的概括。艾伦说，至于她的个人生活，她是那个时代的姑娘，比较乱，信奉原则高于一切，非常偏激。

接着，爱伦老师告诉我，艾达临走前把一些东西存进了家具保管处，从来没有取过。她走进客厅，回来时拿着一张寄存单和一份艾达签署的授权书。我俩用她的电话传真机复印了一份。艾伦打电话告诉保管处，有人替她去查查艾达老师的物品。她说，要是有什么新发现，告诉我一下，好吗？我回答：当然，一定。

保管处在西边，位于棚屋、仓库和地下停车场所在的海滩上。是一座几层楼高的建筑；每一层存放着居民搬家、逃走或者死前丢下的家具和用品。建筑形状像个漏斗，有一道水泥楼梯通向每一层。层层有铁丝笼，有号码，里面堆着床垫、画卷、图书、电视机、柜子、吸尘器、衣服、手提箱。走在其间，有穿过弃城、废墟的感觉。那里令人回忆起逃犯、死在越南的人们以及那些离开大学、加入到下加州山谷里手艺人公社的年轻人。陪着我的是个中国人，神情冷漠，似乎不说英语，手势很快，领着我穿过一条条走廊。终于，来到一个单间，他开了门，站在我身边，尽管我告诉他，我就是简单查一查。一盏小灯发出微弱的光线，照耀着这个四四方方的小房间。有个落地灯，有个空调机，有个箱子。箱子是敞开的，里面堆满了文件夹：课程大纲、旧电脑里的硬盘（已经读不出数据）、一期 *Telos* 杂志，是纪念恩斯特·布洛赫[1]的；还有一个水烟袋，是抽大麻烟的，一盒避孕套，几件夏威夷衬衫，箱子底部有个玻璃匣子，里面有些纸片和信封。没有什么特别的东西，购物发票，纳税单，药方，几张零零散散的照片：艾达跟几个小伙子，艾达在舞会上，艾达在海滩上的裸体照，终于发现了一张艾达站在镜头正面，旁边有个男子的侧影，几乎跑到镜头外面去了，好像要离开画面的样子。正是托马斯·蒙克，样子年轻，表情模糊，但心不在焉。照片后面有个地址，用圆珠笔写的。我面对那中国人无动于衷的目光，把这张照片收起来了。但是，我俩刚一走到一楼大门口，他停下脚步，像唐人街上的乞丐一样伸出手来。我给了他二十美金，他让我出门了。但是，出门前，他拽住我胳膊，用一种汉化的英语、难懂的英语，说道："麻醉药会出乱子。"仅仅是这个意思吗？我忽然明白了：这是好意，就微笑着走了。

2

傍晚时分，我朝着校园北边走，去找照片后面写的地址。按照老板娘法蒂事先的指点，那个地址住着汉克（也跟法蒂有联系）；汉克是个德国人，摄影师，开了一家影碟俱乐部，名叫布莱克·杰克，玻璃橱窗上贴

---

[1] 恩斯特·布洛赫（Ernst Bloch, 1885—1977），德国著名哲学家，无神论者。

着电影海报。两三个年轻人正在核对架子上的电影光盘。

汉克是个大个子，和蔼可亲，黑头发，黑胡须，身穿白色防尘衣。他在抽一种小烟卷，好像只有他一个人在听高音喇叭里传出来的汤姆·威兹[1]的音乐，因为那几个年轻人正在沉思，仿佛埃及考古营地上收集古物的人员。一个蓝头发姑娘，光着脚丫子，身穿开领衬衫和超短裙，脖子上有日本纹身，站在一张希区柯克的照片前，用手机通话。她声音很大，语气固执地问道：有拖车房吗？有拖车房吗？

汉克给蓝发姑娘打个手势。她回到柜台后面，代替了汉克的位子。我和汉克上楼进了一间面向大街的房间。汉克从前在大学工作，后来辞职，自己开了这家影碟俱乐部，实际上是个开会场所，集中了贝克莱的优秀人物。他告诉我，他没有念完博士学位，成了社会边缘人，不愿意去越南打仗，结果成了囚犯。曾经流亡墨西哥，卡特当政时，他回来了。如今处于警察允许的半合法状态。每三个月，他必须去一趟墨西哥或者加拿大，延长一下联合国难民署给的难民签证并且更新一下外国影片的目录。我是美国人，有工作许可，但是，法律上我没有祖国。说这话的时候，有未来世界公民的自豪感。凡是参加这家俱乐部活动的人们，每月交给汉克一点钱，算是酬劳，汉克用这些钱维持俱乐部和酒吧，大家开会时可以吃加州食品（汉克说是墨西哥食品），喝葡萄酒、啤酒。皮诺切将军当政时，汉克还参加了抵制智利酒的活动，如今继续抵制，等这个智利暴君死了以后再说。因此，我要了一杯灰皮诺酒。汉克要了一杯墨西哥科罗娜啤酒，又点燃一支埃及香烟，（是埃及的吗？）我对汉克说，我打算探监，去看看托马斯·蒙克。我告诉他，我正在努力寻找蒙克和艾达老师同时在贝克莱期间有什么关系的蛛丝马迹。我拿出艾达的照片给他看。照片有些发灰，但依然清晰可看。汉克一面望着照片，一面说，好像能想起

---

[1] 汤姆·威兹（Tom Waits, 1949— ），美国著名民谣歌手，以嗓音低哑、忧郁深沉著称。

来这只"小雏鸡"。照片上的艾达楚楚动人,面带神秘的微笑。至于蒙克,他经常来俱乐部,相当喜欢电影。蒙克很矜持,有时喝杯啤酒,很少说话。联邦调查局的人来找过汉克,因为警方知道蒙克经常来俱乐部。蒙克每隔一段时间要来一次,甚至住到蒙塔纳山的森林时期还来过。汉克说,他独自一人多次作案,听起来够新鲜。有很多生态环保组织可以帮助他,毫无问题。联邦特工梅嫩德斯和他的"警犬"想把这个案子围起来,孤立蒙克;他已经知道这里的事情是怎么回事了,远远不止是一个人卷进来的问题,应该说到政治了。孤立蒙克,把他变成典型案件。虽然联邦调查局有这番打算,加州地方警察认为,最激进的环保生态组织肯定与蒙克合作过,但是,宁可听信这个一人作案的故事。汉克带我去他的暗房。红灯制造出一种血红的气氛,没有洗出来的胶片悬挂在空中。汉克把那张照片给放大了,投射到墙上去。他用带淡黄色光线的手电,让我看一个年轻人的侧影和冷漠的表情,那就是托马斯·蒙克。汉克说,证据就是那盘《荒漠怪客》。那部尼古拉斯·雷导演的西部片就在蒙克手里拿着。在借阅表上,拿走的时间是1975年6月13日,归还的时间是6月15日。汉克告诉我,那时候蒙克已经辞去教授职务,但是经常来贝克莱。他下榻在杜兰旅馆,住几天,让孤独的心情休整休整。他来这里,在选片子之前,非常仔细地研究电影目录。我猜想,蒙克之所以看西部片,是因为他喜欢那种拍摄他居住地自然环境的方式。还因为他很浪漫,欣赏孤胆英雄,他们敢于单独面对社会上的坏人。

汉克说,我们知道他与世隔绝了,他在写一本书,没人知道那个时期他真正的活动是什么。我说,艾达那个时候已经在加州大学教书了,地点在圣迭戈,大概她来贝克莱就是看蒙克的。汉克怀疑蒙克是一人作案。难道有艾达?对,设想有几个人从远处寄邮件是真的。寄邮件没必要知道目的。这些组织往往被特工渗透,又不想戳穿他们,因此不公开揭露他们,而是发现一个就消灭一个。司法机关只追究一个人的责任,这可以让老百姓放心，因为除去有几个疯子之外，天下太平。汉克说，我喜欢那小子，他办事认真，善于观察。《荒漠怪客》里有个枪手在看书，这引起了蒙克的注意。牛仔枪手好像有病，可能是肺病，因为他一面看书，一面咳嗽得要命。枪手戴眼镜。汉克记得蒙克这样说过："好莱坞的片子里每当有人戴眼镜出现，那他一定是个坏蛋。"

另外，蒙克很滑稽，因为他总是讲真话。有时在酒吧里，有人向蒙克提些不谨慎的问题，他样子平静地如实回答，尽管说出来的真话显得很可笑——往往如此。有一次，一位姑娘问他："陪我玩玩，好吗？"他说："不好。"她问："为什么？不喜欢我？"他答："对，不喜欢。再说了，刚才我跟一个姑娘已经待了一会儿。"他不是什么都说，只是针对问话说真话。

我要出去的时候，那位蓝发姑娘仍然坐在高凳上，这时正在看希区柯克另外一部影片（好像是《眩晕》）。银屏挂在高处。是她为我开的店门。回到旅馆，我仰面朝天躺在床上。为了得到贝克莱那份工作的讲座，我越来越不想讲了。我感觉我的教书生涯已经结束，可是想象不出来我的新生活是什么样子。想着想着，睡着了。黎明时分醒来，电视还在转播图像。从前，我若是半夜醒来，电视荧屏从上到下射出白光，还发出不停的刷刷声，好像是从一个遥远的疯狂宇宙发过来的信号。

3

我必须中午前退房，这样我在十一点前结算了房钱。出了旅馆，沿着邮政路走了几个街区，最后决定去地中海咖啡馆，因为那里让我感觉可以吃正经早餐，而无需吃咸肉、煎鸡蛋了。果然，我吃上了双份带羊角面包的咖啡套餐。就在我正从《旧金山纪事报》上看关于老布什的消息时，看到那位蓝发姑娘来到了我身边，请允许我让她坐下。真巧啊！不是巧合,她一直在旅馆门外等着我呢,看见我进来吃早饭,她就进来了。她知道我要去萨克拉门托,她想顺道搭乘我的车。她很瘦,很年轻,身穿短袖衬衫,露出肚脐,有鼻钉。她说:真奇怪,你怎么说英语呢?看来你在想别的事情。

她名叫南希·古叶儿,攻读比较文学,正在做关于希区柯克《群鸟》的论文。她的出发点是达芙妮·杜穆里埃[1]的小说,因为这部影片的基础,特别是剧本,深受达芙妮的影响;编剧名叫伊万·亨特,他也创作侦探小说,署名爱德·马克·班,但是,随着研究的深入,南希决定改变策略,她对自己的指导教授说,她要把论文拍摄成一部纪录片。据南希说,那将是美国历史上第一部影片式论文。打算拍摄什么?她笑着说,鸟群。她携带着录像机,很轻巧,索尼数码录像机,说实话,我第一次见到。她想记录空中发生的事情,至于那位被捕的蒙克,可能是她去蒙塔纳山拍摄森林的结果。我没看出在鸟群非理性攻击和蒙克的炸弹之间有一种联系吗?希区柯克的《群鸟》不就是一部生态环保恐怖主义的例子吗?那群攻击白痴人类的鸟群……注意啦!大自然随时会做出反应以及世界会变成地狱……南希严肃认真地报告了她的学术研究方向,也吃完了酸奶并抽了一支大麻烟。她感到特别奇怪的是,我怎么会是阿根廷人呢,还有潘帕大草原、南部的巴塔哥尼亚地区、无限辽阔的广大空间等等。大自然为阿根廷储藏了那么多财富,您是怎么想的呢?就在我俩朝着轿车走去的同时,她在一旁边走边给我拍摄。她说,她从来不出现在镜头里,她是镜头的眼睛。您觉得这标题怎么样:《小鸟儿飞起来了》?

我俩从80国道上桥,然后驶入旧金山。开到联合广场附近时,南希提议从鲁滨孙动物之家经过一下,那是一家吉祥物商店曾出现在希区柯克

---

[1] 达芙妮·杜穆里埃(Daphne du Maurier, 1907—1990),英国著名女作家。擅长写悬念、浪漫、神秘、恐怖等题材的小说,例如,《蝴蝶梦》《牙买加客栈》《浮生梦》《征西大将军》《替罪羊》等。

影片里，用的是戴维森的名字。旧金山最有名的少女巷就在那里，那是美国最古老的鸟店。《群鸟》一开头有个金发女郎，富翁的女儿，娇生惯养，驾驶一辆赛车兜风，在罗马喷泉里裸泳，走进鸟店来找一只小鹦鹉，于是遇上了那位跟踪一对恋人的律师；金发女郎不时地瞧着律师，确切地说，按照南希的看法，她直接跟上去了，因为她觉得律师超级阳刚帅气，就是一个迪克，等等。

我俩上楼，那里展览着热带飞禽，这是鸟类的特色商品。托马斯·蒙克就是在这里买的鹦鹉黛西；如今在笼子里展出了，还挂了牌子："蒙克的鹦鹉。"实际上是只雌鹦鹉，它在生气；下了黄色的蛋，羽毛呈泡沫状，把喙扎在翅膀下，每隔一会儿，扬起头，用一只眼瞅瞅，高声叫道："去旅馆吧！汤姆，去旅馆吧，汤姆！"

南希把它拍摄下来了。她还拍摄了关着雏鹰的笼子。到了年底，鸟店要关门了，真遗憾。警察抓了蒙克之后，那位乡村老警官把鹦鹉还给了这家鸟店。据说，准备公开拍卖。南希说，咱们可以把它买下来，让蒙克看看。这主意不错，可是不知道能不能让蒙克看，我不想带着鹦鹉乱跑。

我俩出了旧金山，开到奥克兰，终于上了80国道，朝着加州中心区驶去。路旁有商店。后面，目力所及之处，都是庄稼地。一路上，我俩在收听卫星城帕萨迪纳一家广播台的播音，她选的是威瑟[1]摇滚乐团的一首歌：*Undone-The Sweater Song*。她说，该乐团刚刚出了第一个专辑。南希给我解释说，这是快乐摇滚，歌声里加入了嘈杂声和背景声，前台是低音乐器演奏者在跟乐团的一位朋友谈话。这个乐团解散了，不知道是不是还会集合起来演出，因为团长，一个名叫什么柯摩的人，已经进哈佛学艺术去了。据南希说，都属于后颓废派晚期，特别书呆子气，智商超高。在加

---

[1] 威瑟（Weezer），是1992年成立于美国洛杉矶的另类摇滚乐队，主唱、主音吉他为瑞夫斯·柯摩（Rivers Cuomo）。乐队共发行6张专辑，销量累积超过6百万张。

州的车库里,有成百上千个乐团,按照海滩男孩[1]的方式玩这种摇滚,但是,这些弱智一开始引起人们注意就散伙了。南希显然当过摇滚乐的歌迷,因为她立刻告诉我,她跟那个什么柯摩在床上过了激情四射的几天。她给出的定义是:"我们那是爱情,是速配。"随后,她说,恋爱不可能超过三天,这已经上瘾了……她更喜欢能花钱买来的瘾品……她说话就是这个样子,简短、带刺,仿佛在心灵的墙壁上写美术字。

她说:"你听! 你听! 这是 *Only in Dreams*,最棒,最棒的。歌曲很长、很长,两把吉他,加上一个男低音,即兴来一首 *soul-bayon*。The concept of 'creating a buzz' was being thrown around(我翻译得不好,因为没了她的腔调:乐队的想法就是创造热情)。"南希针对吉他长长的独奏,连连叫喊。这让我回想起80年代布宜诺斯艾利斯有支乐队的演奏,它叫"病毒小组",特点是明快、欢乐、狂热。上音乐会表演,因为有个朋友写歌词。南希注意听我讲,但是不感兴趣。为什么叫"病毒"? 为什么选这个名字? 她问,是为了纪念巴勒斯[2]吗? 语言是一种病毒,是那个诗人说的? 南希是个时尚女郎,说起话来秃噜秃噜,不成句子,她就是跟着热情走的姑娘。很有加州海边人的特点,海滩就是一切,滑水板、阳光、音乐、大麻。南希探身到窗外,拍摄旷野和天上的小鸟。她解释说,鸟儿很多,因为有庄稼地。电线和电线杆子上有大批一动不动鸟群,忽然间,黑压压地慢慢飞起来,向蓝天冲去。因此,希区柯克来这里拍片。庄稼地里有很多稻草人,但是,鸟群看见稻草人不理睬,不惊慌,稻草人们高昂着脑袋或者伸开木偶式的胳膊吓唬人,仿佛给类人动物及家属演示日本神风特攻队式的攻击。

路上我们停了几次,让她下车拍摄乌鸦或者是白云(也是为了让她

---

[1] 海滩男孩(Beach Boys),为20世纪60年代成立于美国洛杉矶的迷幻摇滚乐队。
[2] 威廉·巴勒斯(William Burroughs,1914—1997),美国作家,后现代主义代表人物,与艾伦·金斯伯格、杰克·凯鲁亚克同为"垮掉的一代"文学运动的创始人。

在路边小便,她拎起短裙就撒)。夜幕降临后,我俩离开高速路,驶入牛谷镇,是个典型的农村,有酒吧间和牛棚,可以把牛群直接赶进卡车棚子里去。有好几辆重型卡车带着拖车停在车场,看上去像恐龙,停车场属于岩石汽车旅馆,我俩就停了下来,据南希说,凡是停泊卡车的地方,肯定很好,附近有很多妓女。

我俩合住一个房间(南希说,可以省钱)。一打开房间门,她就脱了衬衫,露出了小小的乳房。她上床坐下,把日本制造的手提电脑插到电话上、连接上网。她差不多用了一个小时,用海盗搜索器寻找曾经在希区柯克电影里工作过的演员档案。原来在《群鸟》里还是孩子的人,如今已经是退休老头了,他们住在加州老年公寓里。南希为了做论文,打算采访他们。

南希像是网络幻想小说里的姑娘,她会黑客技术,给我演示如何潜入航空公司,弄出来两张飞往纽约的头等舱机票;接着又经过一番复杂的运作,存钱和付钱,使用的账号是偷来的,她像纹身一样把那个账号用钢笔写在手腕上。我不提什么问题,但一直注意她干活的样子,我的心情是复杂的:既钦佩又惊讶。我早就听说过,有些大学生和很多秘密小组常常入侵大公司的计算机网络,用私人电话号码打长途电话;还听说有些大学生——尤其是美国帕洛阿尔托的传播专业的大学生——已经成功地从大银行的加密账户上取钱了。但是,从来没有亲眼看到现场是如何操作的。南希拿到了两张旧金山—纽约—旧金山机票后,高兴地转了一圈,好像在奥运会上拿了金牌。

"我总是免费旅行。"说罢笑着来到我身边。

对南希来说,跟我上床如同喝一杯水;而对我来说,比登山还难。

后来,我俩要了啤酒、蛋糕和小馅饼;坐下来看电视,聊天。我喜欢这样,因为无论做什么都要认真。她想知道我打算给蒙克提些什么问题。那个白痴会不会把艾达也给杀害了?她问,他干吗要杀她呢?艾达和蒙克是在贝克莱认识的,后来继续来往,也许她知道蒙克的活动,不全知道,但是可能蒙克给她说过。或者她跟他合作过。她喜欢这个想法:艾达是个带枪的姑娘。那么好了,为什么联邦调查局不知道蒙克是否掌握艾达的情况呢?为什么警方把艾达之死与别的命案分开来考虑呢?谁影响了谁呀?是蒙克把他激进的思想和超常的能力传给了艾达吗?或者是艾达把抽象的环保主义和使用革命暴力解决白痴们的生态主义思想带给了蒙克?

南希说,蒙克先生给生态环保事业造成的破坏大于贡献。生态事业的核心是保护大自然。她认为,蒙克到最后会被包装成疯子、野蛮的疯子、奥斯瓦尔多那样的杀手和犯了罪的圣徒。忽然,她说:"你没看见吗?作为社会灵魂的艺术家——比如,希区柯克——已经被精神病医生给代替了吗?"她说,我们不再头脑简单了。我们有一种病态的安全需要。从前是俄国人这样,如今呢?危险在心理啊!……你想想蒙克吧!……一位在树林里造土制炸弹的天才啊!想想未来吧!……我们整整一代人都被当成少年犯或者是潜在的恐怖分子啊!她非常专注地看看膝盖上的亮点,交叉双腿,忽然哈哈一笑,随后继续彬彬有礼地说下去。不,不,严肃点,你明白吗?我们都是玩冲浪的,上面在冲浪,鲨鱼就在下面。她又哈哈笑了……

我俩相拥而睡,空调开到最大。首先是空调的嗡嗡声让我难以成眠。接下来是水管子的哗哗声。还有远处传来的狗叫声和人的喊叫声。还有吵架声,做爱的喘息声,楼道尽头的电视机响声。最糟糕的是走廊上顶灯光线从百叶窗照到了房间里,光线刺眼。南希缩成一团睡在我怀里,有时睁开眼睛看看,过了一会儿才认出我来。

第二天早晨,在汽车旅馆的停车场上有个瘦子骑着哈雷牌摩托在等着南希,瘦子有纹身,是花朵和鸟儿,他用束发带捆住了长发,留着中国式小胡子,身穿皮衣。南希跟着他继续旅行。

4

萨克拉门托是一座平坦、对称的城市,是加州省会和行政中心,平静的气氛和路牌整齐的街道,让我想起阿根廷的拉布拉塔。这是给官僚们保留的中心之一,办公室和各类部委很多。到了第一家比较像样的旅馆,我就把轿车停在旅馆停车场。换好衣服后,徒步去州立监狱所在地。大街上,有年轻人和环保组织的人在游行,他们朝着市中心前进。姑娘们、小伙子们、和平主义战士、妇女维权组织、男同性恋和反战人士纷纷声援蒙克,要求给蒙克自我辩护的权利和要求听听他的声音。人们高呼着"让蒙克说话!让蒙克说话!"反反复复叫喊,好像是符咒,又像是祷文。树林木板房的图片下方有美术字,一度的神话传说如今已经具体化:"选蒙克当总统"。无政府主义者认为蒙克是战俘,是资本主义绑架的人质。

监狱旁边有间办公室,聚集了记者、围观者、律师和观光客,纷纷要求得到探视许可。我带着派克的信和特工梅嫩德斯的批准,拿出我的工作证明并说明了来意。我对接待我的那位强壮的女警察说道,我需要从蒙克那里证实一下他是不是认识一个贝克莱的女生、后来成了东部大学的女教授,因为这个材料可能对案件的审理有用处。我给表情吃惊的女警察看艾达的照片以及康拉德那部《间谍》里面艾达划出来的重点符号。女警察说,这得请示,她跟什么雷伊通了话,对着掌心的手机她连连说:是的,不,不,是,不,是,是。最后,抬起头来望着我,通知我:有可能让您见面,一定要第一时间到这里。

我出门,上了大街,朝集合在省会公园的游行队伍走去,那里距离监狱有四百米之遥。头戴钢盔、手持盾牌的警察已经包围了公园的四周,不允许队伍向监狱方向前进,但是可以从身穿蓝制服的警察组成的狭窄通道进入广场。

集会的领导人把会场安排得很好，用高音喇叭告诉大家临时厕所设在公园的一侧，要求大家把垃圾扔进垃圾箱，别使用不可降解的物品，凡是要讲话的人，请来临时设在公园中央的舞台登记。舞台上有一群人，他们是两个吉他手、一位键盘手、一位男低音、四个东方模样的小伙子，大概来自日本、韩国、越南，他们自称是"蒙克为蒙克"，他们根据这样的口号"走、走、赶紧走"，用大家喜闻乐见的歌词演奏摇滚乐，或者使用无政府主义者的叠韵法[1]喊出比如这样的口号"自由，自由，自由之火"，或者经过整理的革命老口号，比如"一、二、三，更多的蒙克）"；有时唱达达派的摇滚歌词，比如，"蒙古思，蒙德，蒙德勒……蒙克！"

在公园里集会的人们是附近的大中学校学生，他们都以那位反体制的英雄、优秀的大学生（蒙克）视为知己，一说到蒙克都用尊称。还有一群群诗人在朗诵自己的诗歌，组织讨论会。四处走动的人们戴着项链，有纹身和束发带，头上戴花，像是假期里的中学生，这情景让我回想起上中学时阿根廷共产党组织的野餐活动。（但不是这样的活动。）这都是捍卫正义事业的好孩子，充分证明他们都是高高兴兴的。蒙克产生的魅力究竟是什么呢？就是纯粹的叛逆性：这种品性可恶，是魔鬼；这在反对社会不公和别人操纵自己命运的斗争中，是非常伟大的事情。他是各种意义上的美国英雄：一个非常有教养、受过高等教育、在学术界有突出贡献的大知识分子，决定扔下自己的全部财富和名利，隐居山林，像修道士一样过着高雅和简朴的生活，遵照他思考和体验的结果，决定向世人展示：反叛是可能的，证明孤独一人可以让联邦调查局不得安宁：我一人将你一军！

这就是从公园集会的积极分子中间、歌词口号、演说讨论里收集整理的种种看法。这并非政治示威，而是新型的骚动方式，过节的方式，好像在庆祝一个永远不会结束的摇滚晚会。他们是孤独的。没有电视转播，

---

[1] 叠韵法：连续多次重复一个辅音。

没有记者，没有摄影师报道大会情况。但是，他们自己用手机，用标语牌，两个广播交换台在一个白色帐篷里做现场直播。他们总共有三四千人，男女老少都有，都是社会和平主义的战士；他们支持一个恐怖分子的行动，或者说无论如何，支持他的要求：听听他的声音。

他们来自加州南部的山区，来自中央峡谷，来自中西部整夜都有照明监视的小村子；他们成群结队，乘坐破旧的汽车，乘坐长途汽车，乘坐跑车，乘坐乡村卡车，一路不停地长征，队伍里有老理想主义者、老嬉皮士的后代、老烟枪、保护动物的人们、生态环保主义者、和平主义者、反种族主义者、女权主义者、不出名的诗人、加州大瑟尔的地方手工艺人，但是，也有来自纽约和芝加哥的人权斗士，保护少数民族的人，这是叛逆者掀起的浪潮，里面有前马克思主义者、无政府主义者、托洛斯基派成员，很多人参加过越南战争，参加过海湾战争，参加过反对使用杀虫剂和核电站的斗争，他们捍卫农民的公社制和农村小型企业的发展，捍卫经济、政治自我管理制，捍卫囚徒的权利，捍卫无家可归者的权利，捍卫一切失败的事业和一切挫折，仿佛托马斯·蒙克敢于做出许多人想做或者想说而不敢做的事情，即：杀掉全部资本主义、科技官僚狗崽子！

这一天最伟大的时刻就是由旧金山先锋派艺术家们组织的演出。他们曾经在萨克拉门托全市所有公共建筑的监控摄像头前，表演过法国作家阿尔弗德雷·雅里[1]的《乌布王》片段；他们还分成小组在街头巷尾，面对银行，在停车场上，取款机前，火车站的洗手间外面，危险的路口，机场大厅里等等地方演出过。他们在建筑物门口的摄像头前、在各大超市的走廊里演出。各个鼓动宣传小组二十小时内用演出的方式、朗诵雅里那些爆炸性的台词、挥舞标语牌、面对警察唱歌等等方式，把全城的安全形象暴

---

1 阿尔弗德雷·雅里（Alfred Jarry, 1873—1907），创作了著名剧作《乌布王》（又译《愚比王》），演绎了一个糊涂而马虎的胖子、龙骑兵尉官乌布夺取王位之后的种种嘴脸：愚昧、怯懦、残暴、独裁。

露在光天之下；如果警察攻击他们，那就构成突发事件。

与此同时，他们正式向加州高等法院提出要求：这个演出节目应受到保护，因为是艺术品，是受到国家戏剧奖和圣达克鲁斯地方大众艺术博物馆赞助的；这个节目没有违反美国宪法，不该查封和摧残，因为它捍卫了言论自由和艺术创作。

5

黄昏时分，我在一群人面前停下来，他们搭建了讲台，正在讨论，我听见他们欢声笑语地抵制克林顿希望通过的新反恐法案。他们认为蒙克是新梭罗，是愤怒的梭罗，蒙克提出公民有权利不服从政府的错误政策，人们说，蒙克甚至主张公民有权使用暴力对抗一个定期把国家拖进战争的政府，因为这个镇压人民的政府是一部制造武器装备的万恶机器。大家认为是蒙克第一个积极回答了社会的吁求：保护大自然和维护社会的公平正义。他仅仅攻击了那些支撑社会基础和科技、军事结构的隐蔽人物。他没有对准傀儡政客，没有对准腐败的国会议员，没有攻击警察和打手，也没有攻击应该对灾难性的金融和经济危机负责的人们，他攻击的是他最熟悉的那些人：杀人的资本主义的科技知识界；攻击的是那些负责提出概念的人们，那些科技思想家，那些因制造地狱机器和生物实验而发疯的科学家。杀人不好，但是应该自卫，特别是应该运用暴力来推翻沉默的大墙，应该宣传新《自由宣言》，它是美国优秀传统的理论部分，它是美国著名运动员吉姆·布朗、美国著名民权运动领袖马尔科姆十世、美国著名理论语言学家乔姆斯基的传统。蒙克《宣言》的内容感染了大家。《宣言》的理由精彩，它的语言高尚而热烈。没有打破话语魔术的实际口号，只有一个手写的页下注释，显然是初稿后所为，笔力苍劲，是一种方式的展示。《宣言》内容简单，是一句语录（美国左派在和平主义的游行中，经常惆怅地高举的利他主义的反复和伤感之呼吁),好像晴天霹雳,光彩夺目,但是令人恐怖:"应该消灭一切资本主义和科技的私生子!"

蒙克是在自己的本子上写下这句话的,随后才把报告寄给了纽约时报和华盛顿邮报的。如今,它成了检察官的证据之一,用来证明安放炸弹的人就是写报告的人。

蒙克好像忘记了那条重要的注释;他相信自己那本小册子(他对《宣言》的叫法)可能成为将来恢复记忆的基础。一个样子很帅的男子说:蒙克不会被忘记的。这个男子满脸小伤疤,天晓得参加过什么战争,他站在树荫下,说道:几个月前,他跟蒙克在俄克拉荷马终点站的酒吧里整夜谈话的情形;二人错过了最后一班大巴,一起等候次日的头班车。说话人长着一头灰发,不像本地人,因为他身穿白色西装,脚踏塑料鞋,衬衫是天蓝色的,领带是灰色的。有少爷派头,也有流氓、花花公子的气质。说话声调四平八稳,已经引起围观者注意。他俩在那座空空荡荡的关闭一半的车站杂货店里面聊天过夜,蒙克没谈炸弹,没谈暴力,但是说了他的伟大计划。他像是一个需要说话的人,仅仅需要一个听者。他说,他是个旅行家,随便说了一个名字,什么库尔兹,或者库尔秀,我不记得了。我当然不信,以为他是个逃犯,是个因为性骚扰而被教会驱逐教门的牧师,或者是个失败的作家,或者是个被诈骗、依靠救济金生活的人。现在我们知道了,他是个杀手,但是当时感觉他身上有股令人不安和吸引人的东西,感觉有什么危险威胁着他,我以为是自杀的倾向。穿白色西装的男子说道,他好像心烦,似乎准备逃跑。但是,让我印象深刻的是,我看到了他那只烧伤的手,是左手,没有绷带,但是皮肤已经有鳞皮,像是那种需要把双手放在火焰上干活的人。

第十二章

1

上午十点,我到达监狱;在入口处的桌子前面,我拿出证件和派克的信件。走到监控区,我要求跟贝克医生谈谈,贝克是监狱里面的大夫,是山姆·卡林顿的朋友(或者是职员),充当小子们(服刑囚犯的叫法)与山姆之间的联系人,也为山姆做二手车生意。片刻后,出来一个满面笑容的胖子,样子像江湖游医,身穿白大褂,佩戴着姓名卡。我猜想他诊所墙壁上一定挂满了证书镜框和各种来历不明的毕业证。这天上午,他好像不忙,嘴上叼着珍珠母的烟斗,这突出了他像喜剧演员的模样。说实在的,多亏了他帮忙,(外加几张百元美钞),我一路上没遇到任何麻烦,顺利通过所有哨位的控制。

在美国,一座高度保安的监狱就是一处复杂的机关,也许是你能想象的社会生活里最复杂的形式。这是贝克医生在我和他乘坐有玻璃墙的电梯下降时对我说的话。他还说,实际上,监狱是人处于极端条件下的行为实验室,对我来说,这里是精神病医生最佳工作地点。我俩来到一处带屋顶的院子,穿过一条管状走廊后,我俩来到一道白色铁栅栏前停步。贝克医生把我介绍给值班警卫,然后他就走了。等我过了控制区以后,我俩在外面碰头。我听见我身后有人在锁门,一名狱警陪着我来到了地下室。

确定身份的房间在地下室尽头,黑暗的房间里迎面有道金属网,不允许看对面;身后的墙壁上标出了你应该站立的白线以及准备登记者的一系列身高数字。我对面的天花板上有几盏聚光灯,有人立刻开启,把我照得眼花缭乱。陪同我的狱警走了，房间里剩下了我一人。高音喇叭里传来一道指令：站到白线中央，带栅栏的天窗下面去！金属网后面一片漆黑，提问题的声音就是从那个地方传过来的：你想见谁？（其实他们已经知道了。）什么目的？我回答说，我要给那位被捕的人看一些文件，可能对审判有用处。那声音问我：是否有前科？是否有印记？是否有伤疤？宗教信仰是什么？属于什么种族？是否吸毒上瘾？你申请探监填写表格的时候，这些问题都回答了。可是，现在还要再问，看你会不会说错，或者说出不同的答案，或者纯粹就是例行公事。这些问题让探监者厌烦，把人当成囚犯对待。他们给我从正面、侧面拍照，让我长时间在聚光灯下照射，我估计是吓唬人的。高音喇叭里又继续发来指令：站直！抬头！肩膀向后！摘下眼镜！向前看！向左转！向右转！保持侧身站立！脱下衣服！放到地上！转身！弯腰！劈腿！露出肛门！站直！现在面对镜头！举起双手！看看胳肢窝！看看睾丸！好，现在面对灯光！张嘴！伸出舌头！露出牙齿！双手分开！手指张开！手掌向上！手掌向下！穿衣裳！灯光灭了。他们以为你会把毒品藏在什么窟窿眼儿里，或者把什么带刺的东西用塑料袋裹好夹在衬衣里。有可能是一把小刀，囚犯就能做一笔生意，有可能是工人党印刷在难以察觉的宣纸上。多年前，我曾经去监狱探视过球星贝托·卡兰萨，这位朋友很幸运是在1976年阿根廷军人发动政变之前身陷囹圄的，他虽然受了酷刑拷打和几次经受假枪毙的折磨，却交给政府处理了，没有被秘密处决。我去特沃特监狱看他时，那个年代，警察通知你先登记，会问你是不是参加了什么组织，是不是托派分子，是不是同性恋，是不是犹太人加共产党员（或者仅仅是犹太人），最后是跟你要钱，说是买烟。我们这些被捕者的朋友的确传递过写在卷烟纸上的书信和传达口信。我记得卡兰萨一出现在接待室，就总是高高兴兴的样子，他是乐天派，反而给我们这些从外面来的人鼓劲：总是有希望的嘛！

搜查结束后,我离开了那个房间,来到此前我放下钞票、信用卡和钥匙的办公室。康拉德那本《间谍》属于可以带进高等安保区的物品之一。

离开那个识别身份的房间后,贝克医生在外面等着我呢。医生说,监狱是世界上最安静的地方之一,夜间在牢房之间的走廊里走来走去,绝对没有问题。这里的生活中断了,没有打算,没有意义。你可以看见某个牢房里的水泥地上有块棕色毛毯,看见一个睡不着觉的男人,或者是根本不想睡觉的人,他坐在床沿上,双脚踩着毛毯,一动不动,等待天明。医生说,犯人里有很多黑人和拉丁裔人占,67%,白人占25%,其余的是东方人占8%;但是,67%的狱警是白人,通常是来自路易斯安那州或者维吉尼亚的穷人,从前是种植园或者码头上的装卸工,后来失业了,就被雇佣当了狱警。他们宁可被关在这里,也不愿意失业。贝克医生也是由于看不到别的前景,就来这里工作了,这个职务很舒服,因为治疗的都是小打小闹的轻伤(鼻青脸肿)和小小违规的伤害;大部分犯人有小病,就去医务室放松一下紧张情绪。

至于蒙克,大家对他都很尊敬,叫他"教授",被转移到了隔离区,但是因为他没杀警察,就当成了常规囚犯。贝克医生说,他现在很好,我们相信他不是精神病患者,恰恰相反,他令人愉快,有学问,很少说话。啊,我认为遇到他这样一个人可不容易。太了不起了,聪明过人啊!他生活在自己的世界里,时时在思考。他大大拓展了我的智力,因为不仅有可能经常和他谈话,而且他的历史也启发了我。他一个人住在森林里,没有电灯,没有电视,这样他到了这里感觉光荣,这话他没说出来,可以我意识到了。

我和医生沿着水泥楼梯一层层下来,到了灰色区,也称为"死胡同"。那是杀人犯、精神病患者、等候判决的最好斗的罪犯。技术上,这个地区恰恰可以称之为监狱疯人院,但是贝克医生嘲笑这个说法。他说:

"朋友,疯子在监狱外面,我知道自己在说什么,这里只有不可救药的犯人。"说罢,他走了,留下我面对一条特别干净、好像上了釉的走廊。

2

探视室是一片雪白的房间,有高高的铁窗和明亮的光线。一名狱警接待我,请我在长条桌前坐下,然后他在房间尽头坐下,像博物馆里的看守,天天面对大师的杰作,但视而不见。一堵墙给人的印象好似戈塞尔牌镜头,就是说,像一面无形的镜子,从墙壁那面可以监视我们。这让我想起系主任达马托的私人水族馆,那条白鲨锲而不舍地在水里游动,等候着猎物从天而降。墙上有座圆形钟表,黑色的指针告诉你探视的时间,已经开始计算了。

从走廊尽头传来越来越清晰的带着金属镣铐走路的声音和人声。有个声音说:"我不喜欢有人谈论我,好像我不在现场似的。"一个狱警回答说:"蒙克先生,放心吧!"狱警是个白发黑人,他跟蒙克说着话进了房间。

蒙克比我想象的要高大许多,他神情平静,有一双蓝色的眼睛。他身穿一件棕色囚服,样式像睡衣,显得太大,脚脖子上带着金属镣铐;但是,他依然保持精神高昂的姿态,好像他的举止高雅、与众不同不取决于外部环境。他双脚移动,就叮当、哗啦作响,这凄惨可怕的声音,说明"被捕"了,这二字在我听来具有了各种意义。"被捕"就是铁窗、铁镣铐,有了一种荒唐的效应,非特指某人的效应,"抓人"具有阻止人类前进的权力。

蒙克站在长条桌对面,恰好对着我;他距离我实在太近了,我就把椅子稍稍向后撤了一下。与此同时,蒙克张开又合上左手,那只伤痕累累、烧得黑乎乎的左手。

蒙克说，他剩下的时间不多了，有些事情他想说一说，他希望自己的某些想法有人能"亲耳听听"。他感谢那些想来看他的人，申请会见他的人很多，但是他接待了我，因为让他好奇的是为什么一个来自阿根廷的人要采访他。

他问我："听说阿根廷革命者身上总是带着氰化物药片，这是真的吗？"

"为了避免酷刑拷打……并非他们愿意牺牲。"

"我明白。"他说。

"政府一开始镇压，地下工作者的平均寿命就是三个月……"

他说："在美国搞地下活动是不可能的。一个人躲藏一段时间是可能的，但是永远会被人录像，被人监视，无论你做什么，都在警察掌控之中；人家会看你的书信，会监视你银行账户的变化，会秘密搜查你的家以及你朋友的住宅。唯一躲藏的办法就是你一个人住在荒无人烟的地方。在荒岛上，你可以嘟嘟囔囔，自言自语，咬牙切齿，静静地思考。没人能知道你在策划什么，心事不会被人家看见。今天的地下活动就是这个样子的，应该隐居起来，与世隔绝，再重新开始。我们处于一个没落和受挫的时代；应该有能力从头再来。人的本性已经采取了防范措施：不让自己的思想被人察觉。这是革命造反的最后一道掩体。以前不可能成立秘密小组、铁一般的小组织，不可能构建一张组织封闭、纪律严明、讲究实效的网络。那个时代结束了，那是有过一系列可怕的挫败。现在应该东山再起了，如今是独自作战、独自策划、独自行动的时代。我们只能运用隐蔽自己那无形的思想，把我们的思想与群众混合在一起的办法，进行斗争。我们是分散的个人，是钻进森林的个人，是隐身在大城市里的个人，是流亡在大草原上的个人。我们是独自作战，但是我们这样的人很多很多。我们已经从小块到了大块。这就是政治的新形势：分散、后退，先锋队消失在敌人后方。克鲁泡特金[1]，俄国贵族克鲁泡特金，俄国革命家，杰出的无政府主义理论家，他说维系着处于危险和被迫害人们之间联系的力量就是'坚韧不拔'。这些互相不认识、分散的人群，团结和联合起来之后，会经常改变活动方向，改变活动范围、领域和速度。"

无政府主义拒绝一和多的错误区分。个体是指开始而言，个体的词源对立面，就是群体。克鲁泡特金称之为"力量的化合物"，个体是集体力量之一，每个集体也可以理解为一个个体。正如《圣经》所言："窑匠难道没有权柄从一团泥里做成贵重的器皿，又拿一块做成卑贱的器皿吗？愤怒的器皿。同情的器皿。"[2] 蒙克说，这就是说，一种生活是荣耀的，一种生活是耻辱的。一种生活是愤怒的。一种生活是同情的。每种生活方式都有它的价值、它的语言、它的法律；这些生活方式永远处于变化之中和重新定义之中。无政府主义的主体是变化的。无政府主义的不连续性是个事实，克鲁泡特金把这个事实解释为一系列自主单位以及同时构成这一系列的程序之"合力"。

我们深层的记忆，我们最隐秘的感情，我们的生活方式，是各种各样的。我们作出的每个决定都包含一系列可选择性。假如我们试图同时作出几个互相矛盾的决定，还要让这些决定以开放式系列维持分开的状态，那会怎么样呢？政治生活、学术生活、情感生活、家庭生活、性生活、宗教信仰生活，它们之间有着非常模糊的联系（如果不说地下联系）。

蒙克在表达上述思想时并不强调什么，有些倦意，好像在火车上遇到一个陌生人，在东拉西扯的闲聊。他已经开始研究狱友了，狱友们的行为不断地让他感到吃惊。大家本来安安静静地在休息室里看电视节目，而恰恰就在这个地方多次爆发最为血腥的叛乱。望着监狱外面的正常生活，

---

1 克鲁泡特金（Kroptkin, 1842—1921），俄国贵族，地理学家，无政府主义者。
2 《圣经·新约》罗马书第9章21节。

让这些囚徒感到愤怒。让他们造反的不是政府的压迫,而是电视屏幕上日常生活的琐事、反反复复的琐事。知道监狱外面的生活一切如常,他们感到愤怒,刺激他们非造反不可。

蒙克随后说道,让他惊讶的是,他会怀念已经不记得的生活时代。从前有过院子,里面有红色花盆和天竺葵,可以听到钢琴声。那是母亲在弹琴。想念母亲,但是不想见她。母亲与他精神最软弱的一面有关系。蒙克补充说,母亲弹琴的手法特别纯正,"我经常想起她坐在钢琴前面、戴着眼镜读乐谱的神情。她是波兰钢琴家,就是说,并非俄国钢琴家,感觉有些低人一等,但是她很出色。音乐比任何别的东西都能更好地表达思想。"

(乌托邦思想一个不变特点就是经常想象可能存在的世界,或者说,想象可以选择的社会有哪些;但是,没人能想出来——不算偶然和意外——几种完全不一样、同时存在的私生活,然后还能去体验它们。)

蒙克望着我,仿佛刚刚醒来,笑着说:"我追求过用直接行动的方式来表达我的思想。您在记录吗?那么您呢?您来这里找什么?"

我说了一句:"我是艾达的朋友。"他听了仍然镇定自若;他可不是听了我这种花招就能惊讶的人。我说:"我有一张照片。"我把照片放到桌子上。蒙克仔细看了看。上面是一个微笑的姑娘和一个躲躲闪闪的小伙子。他记得她吗?"她是贝克莱的研究生。死于车祸。您认识她吗?"

他说,认识,好多年以前的事了。后来又见过她吗?见过,一两次吧。是朋友,可以信任她。在这点上,我和蒙克看法一致,如同两个陌生人,一听说都喜欢同一个女人,吓了一跳。他并没有说这种话,这仅仅是我的猜想,因为没有互相信任嘛,唯一的接触点就是我俩一开始提起艾达的名字,就说起西班牙语来了。我们身边的狱警立即亮起了红灯。

蒙克说:"别理他!他们要用很长时间才能破译录上去的内容。但是,梅嫩德斯会理解咱们的谈话。他是唯一对咱们谈话感兴趣的人。您能来这里，正是他允许的。这个墨西哥人极力要弄明白……罪犯心里的秘密。"他嘲讽道："狗抓不住牛虻，它只有被牛虻叮咬的感觉。它跳起来了，对空中咬牙切齿，晚上狂叫。狗能理解牛虻吗？"

据蒙克说，联邦调查局积累了一些证据，找专家咨询过，用过专家的科学实验室，用过与全世界警察互相共享的档案，警察撒网抓海豚，可是最后还是依靠刑讯拷打、欺骗讹诈、有人告密来解决问题。

"比如，我弟弟，他还不如我那只鹦鹉呢。鹦鹉至少不知道自己说的是什么。他们给了我弟弟一百万酬金！还发誓说，绝对不会绞死你哥哥。"

他像是自说自话，全然不理睬听者的态度，无论同情还是反感，而是借助林中孤独生活养成的习惯，高声说出自己的想法来，如同沙漠里的修道士在说自己的幻觉。我不认为自己正在忠实地复制他的原话，因为我是几小时后，回到了旅馆才写出来的；但是，他有些说法，我立刻记在笔记本上了，那天他要表达的意思，我努力转达出来了。

后来，他接着说：我的决定论原理获得了菲尔兹奖金。一拿到这笔钱，我就放下了一切，这就是我的起点。他拿到奖金的原因是他在决定论逻辑学方面取得的突破。他说，这个原理就是用可能实际生活与虚构假设的生活进行试验。无论实际和虚构，我们都陷入一个似乎是现实世界的世界；我们都陷入可能陷入的现实世界。关键在于，虚构世界——不同于可能存在的世界——是不完善、不完整的（所以我们无法知道马洛夫在讲完吉姆爵士的故事以后做了什么）。蒙克曾经打算从政治角度去完善某些没有解决的环节并且因此采取行动。他宁可从一个预设的情节出发。这些就是他阅读康拉德几部小说之后的全部说法。

起初，蒙克打算把他对自己生活的每种可选择系列一一写到不同的笔记本上去；但是，后来他发现，兴奋点在各种系列的交叉点上。为了不给任何人添麻烦，日记里有很大篇幅是用密码写的，使用的是他自己发明的移动密码系统,密码是根据每天、每小时变化的!下午三点钟,这些话是一个意思,但是,到了半夜,是另外的意思了。

蒙克知道联邦调查局一定找了NASA(美国国家航空航天局),NASA的密码员打算求助俄国人,可是俄国人正忙于破译前苏共领导人在瑞士的银行账户密码,不愿意在这种没用的小事上(比如,破译一位前数学家的日记)跟美国合作。

"俄国人丢了一切,但是还保存了对美国人蔑视,在这一点上,我也算是俄国人。"

接着,蒙克说:"您别以为我不想那些死人。他们跟我一样,我也可能成为他们中的一员。他们是大科学家,也是大恶棍,是敏感的人。约翰·克莱恩[1]喜欢小鸟。詹姆斯·柯达是神学家,有个同性恋情人,不检举揭发他就表达不了心中的痛苦。莱昂·辛格一辈子主张社会主义,这给他的学术生涯带来很多麻烦。亚伦·洛文忍受不了流亡生活的煎熬。他们很单纯。有雄心,热爱科学,摧毁一切也要前进,就像推土机,不管是森林还是圣山都要推翻。他们忘记了,或者说视而不见自己行为的后果。是恶果,不是结果。我说的是恶果。如何把思想和行动联系起来是终身的问题。有些行为清楚地表明了他们的思想方法:在这一点上,他们和我是一样的。"

这个地方的光线是永恒的,日光灯营造出一种永远是白天的气氛。那位狱警坐在一旁,好像在打盹,但是睁着眼睛。谈话,确切地说,是蒙克独白,不时地被打断,时而是叫喊声,时而是抱怨声,时而是拍打铁窗的敲击声,还有远方传来的电视里不真实的尖叫声,这些声音是从空调机的缝隙传进来的。他说,监狱里也不安静。永远不会安静。他笑了,好像重新发现了我。这时,他问我要说什么?

---

[1] 约翰·克莱恩(John Kline, 1947—),美国政治家,联邦众议员。

他问:"您说什么?"

"您可能收到过艾达的一封信吧?"

他没有马上开口。

他问:"一封信?"

我说:"我这么跟您说吧:艾达在康拉德的小说里偶然发现了跟您行为方式有某种联系的事情。也许是巧合吧,她不是要检举您,就给您写了一封信,是为了提醒您。"他不慌不忙地看看我。我继续说下去:"您根据康拉德这部《间谍》小说下决心的时候,像是要抄袭一样,大概推断出这么一种可能性:有人由于偶然的原因也正好在看《间谍》,可能会发现您这种联系。联邦调查局特工模模糊糊感到《间谍》和您的行动有联系,但是不能深入研究。需要这样一位读者:他能确定这一联系并且重新安排上下文语境。书中划线的地方是清楚的,日期是巧合。艾达在3月第一周上课时讲解了《间谍》。因此,给您寄信的时间应该是在13号之前,因为她把《间谍》留给了我之后,她就忘记了。或者这么说吧,她利用我来防控……以防万一出事……"蒙克恢复了精气神,专注地望着我。我继续说下去:"我不知道她在信都说了些什么。但是根据我对她的初步了解,她不会不通知您,不会检举您,不会不告诉您她的发现,甚至有可能建议您赶快逃走,劝您放下手里的活计。"

他顿了一下才回答。

"我有好几个月没收到信了。凡是收到的信,不看就撕掉了。"

但是,还有些地方不清楚。我相信艾达不是死于偶然事故。每人应该是(至少)自己生死的主人。正直与否就取决于这个。

他问:"您知道什么是正直吗?"

"正直的人不滥杀无辜。"

"依我看正直,就是处置事件的能力。绝对用不着解释你在干吗,绝对不要辩解!"

接着,他说,要是他对自己那些道理保持沉默,他或许就赢了。发生了一系列不可理解的死亡事件、一件可恶而完美的艺术品,整个社会围绕一个盲点兜圈子。他拒绝了那些以正当理由杀人和破坏的说教者。恰恰相反,他杀人的理由与凶手的理由水火不容。他从来没有说过:"为什么我做正在做的事。"用这种方式,我拿到了绝对主权,是超越政治、极端讲道德的主权。他说,没有说明现在行为的任何未来打算:拒绝乌托邦式的希望,我的希望总是滞后的,固执地迟迟不来的希望,但是,希望一出现就是行动的最后一道风景线。这话他从来没有公开讲过,但是他认为,政治暴力本身就可以说明自身。这是个概念,无须解释。这是个例子,令人思考的例子。它的作用就像哲学史上可以想象出来的案例:比如,柏拉图的山洞,阿克琉斯的愤怒,乌龟爬行。

我说,可是什么地方不合乎逻辑,因为艾达之死是有原因的,我建议您给个说法。我重复道,她可能不愿意透露原因,给您寄信是通知您……

蒙克说:"不是这么回事。"

"那么艾达在跟您合作吗?"

他的表情是麻木的,很可怕。

蒙克说:"我不肯定,也不否定。"

他不能撒谎,莫非希望我相信他不会撒谎?

"在阿根廷,多次发生过这种事情。有时,炸弹就在携带者怀里爆炸了。艾达跟您合作过。"我说话的口气就像是铁证一样。"有可能那天她运送了一件那种邮包。"

"我不肯定,也不否定。"

"到后来,她害怕了……也许害怕极了。结果自己一人死了。"

蒙克说:"她不是一个人。美国有很多我们这样的人。"

我早就了解这种语言:什么一只无形的大军,什么一场秘密战争。

他们是无名英雄啦。我心里一直想着一个托派小伙子,非常非常可爱,名叫巴斯克·本格恩切阿,人品出众,充满活力,在挪动一颗炸弹的时候被炸死了(在阿根廷称炸弹为"罐子")是意外爆炸,他被炸死在布宜诺斯艾利斯卡斯宫大街自己的单元房里。

我说:"因为这个我来看您。这样至少她的死会有意义。"

蒙克问:"什么意义?"

"艾达是位优秀的知识分子。有可能她面对的是捍卫自己思想原则和理想的秘密斗争。她是不是有道理,或者是不是错了,对了,都没关系;但是,她牺牲了,为她相信的道理牺牲了,这样她的死就有了意义……"

"艾达是位勇敢的女子。我们很重视她。"

"我们?"

"就是我和您。有咱们两个就足以纪念她了。"

我问:"您最后一次见到她是什么时候?"

蒙克用一口漂亮的西班牙语对我说:"您瞧!我可不想牵连任何人。像我这种情况,从书本里可以读到。但是,一旦事情发生在一个人身上的时候,总是非常肮脏,毫无崇高之处或者戏剧性。就是非常肮脏,非常恐怖。"他说:"做该做的事情,有时候有些事情看上去不可能做,或者是无用功;还有时候,看上去简直就是残忍,很坏,难以忍受。我们应该从头开始,从零开始,就像在旧社会那样,我们是孤独的,但是可以忍耐,可以取胜。"他双手一伸,说道:"我的生活里往往……"铃声打断了他的话。探视的时间结束了。"那么就这样吧。"说着,他费力地起身,迈开了带着镣铐的双腿。

蒙克走远了,身后跟着那个黑人狱警,推着蒙克在走廊里移动,仿佛有人推动一头巨大、带伤的动物。

"蒙克先生,保重啊!保重啊!"

3

回到旅馆，蒙克的话音还在我耳边回旋。正是艾达的意外身亡促使蒙克打破沉默，寄出了造成他毁灭的《宣言》。是这么回事吗？他没向我解释。他说了："我们有几个人。"这话模棱两可，只能理解为有人了解他的思想。"我是尚比热，我是巴丹格，我是普拉多，我是历史上所有的名人。"永远不是他自己，总是在改变身份，编造过去。

艾达也是如此，可以肯定，我有证据，她对秘密，对秘密生活，有喜爱的小小苗头。我可以完完整整地猜想出艾达夜间去远方城市旅行的情景，猜想出她仔细研究过的举动，猜想出一些危险迫使她在大街上停车，因为手提包里的炸弹、心跳在嗓子眼儿的样子。假如说她是死在那样秘密的旅途中并且被发现了，大家很可能议论她，谴责她，骂她，但是骂她的同时，至少还觉得她活着。应该是在非常绝望的情况下，同时觉得非常恨，冷静和清醒的恨，才会出去杀人。大概是这样吧。他说："我不肯定，也不否定。"不辩护，不解释，但有可能如此，甚至就是如此。这看环境吧。或者，也许蒙克仅仅愿意想象美国有一群决心采取行动的年轻人，他们之间互相不认识。他已经表明了：独自一人可以行动，在长达二十年里躲开联邦调查局特工的追捕。这是可能。我不肯定，也不否定。

从旅馆窗外可以看到天在下雨和夜景，这是那种夏季短暂的暴风雨。旅馆停车场的另外一侧，那里是郊区，是农村，是黑乎乎的大平原，远处，有灯光闪烁。那是监狱的照明，高墙像是一条星空。我想，蒙克一定也在看雨景吧，大概是双手抓住铁栅栏可以看得远些，可以从迷雾中看见旅馆一个房间的窗口有灯光闪烁。

结束语

2005年8月2日，托马斯·蒙克被捕十年后，被处决了。判决一拖再拖，因为有上诉、质询和一再重审。很多人要求法院赦免蒙克，法院不接受。从8月2日到今天已经过去多年了，但是我仍然精准地记得某些行刑的细节：玻璃房子中央摆了一把黄色的电椅；蒙克那双穿烂了的篮球鞋以及交叉系好的鞋带；还有橡胶鞋底踏在水泥地面的脚步声。母亲和他在一起，还有那位身穿白色西装的男子。监狱内部的闭路电视做了直播，一家互联网的链接拿到了直播录像。

我的真名叫托马斯·雷西纳尔多·蒙克，而不是什么萨多夫，也不是什么回收先生，也不是什么知识杀手，那是长达二十年追捕我不成功的人们对我的侮辱，没有我弟弟的出卖，他们是抓不住我的。

请大家找找路德维希·维特根斯坦关于伦理学的报告。他说："假如有人能写出一本真正是讲伦理的伦理著作，那么这本书借助一声爆炸就能摧毁世界上所有的伦理著作。"伦理就是一声爆炸。耶和华是第一个恐怖分子。他为了确立他的法律，决定摧毁所有的城市和杀害约伯的儿子。或者说，你们为什么会相信陀思妥耶夫斯基打算把阿廖沙·卡拉马佐夫，渴望做圣徒的人，变成革命家呢？

这盘行刑录像有一段时间在网站手中，但是蒙克母亲提起上诉，要求从网上撤下来,她成功了。有两周时间,代替这段影像的是蒙克接受菲尔兹奖金的画面。但是过后,这个视频文件也消失在网络的海洋里了。

是艾达让我跟这个故事发生了联系,也是为了她,我写了这本书。记忆牢牢固定在铜版画上。艾达身穿那件灰大衣,头上系着一条黄头巾,站在凯悦酒店门口等候。后来,她在床前,摘掉耳环,开始脱衣服。她皮肤上有几个白点,有一条淡淡的纹身贯穿上下。那是胎记,那是历史留下的纪念,让她显得格外美丽。

艾达笑着说:"我是半个班花。看见没有?小雏鸽!"她弯下腰,让我看看她身上那张鬼怪般的图画。"我母亲没有这个。可是姥姥有。姥姥说我们祖先里有爱斯基摩人……想想吧,白雪皑皑的北极圈里有位女子。爱斯基摩人从来不说自己的真名实姓,姓名是秘密,只有人之将死的时候,才会说出来的。"

探望蒙克两周后,我回到了布宜诺斯艾利斯。到达爱莎机场时,迎接我的是我朋友朱尼尔,不过那是另外一个故事了。

2016年1月3日译竣

译后记

《艾达之路》翻译完了。有些背景材料应该对读者说一说，有些我个人的感觉也想说出来，估计会对读者理解本书有点用处。

《艾达之路》是2013年问世的。2014年5月在第40届阿根廷布宜诺斯艾利斯国际图书展览会上获得"读者最喜爱的图书奖"。获奖者皮格利亚时年七十四岁。此前有四部长篇小说出版，分别是《人工呼吸》(1980)，《缺席的城市》(1992)，《烈焰焚币》(1997)，《夜间目标》(2010)。另外，皮格利亚还创作了大量的短篇小说、散文、文学评论和剧本。进入21世纪后，他的文学成就引起了拉美和西班牙文坛的肯定。2005年他获得智利以著名文学家何塞·多诺索命名的文学奖。2010年获得西班牙"文学评论奖"。2011年获得拉美最高文学奖——委内瑞拉政府颁发的"罗慕洛·加列戈斯文学奖"。2012年获得古巴"美洲之家"设立的"何塞·玛利亚·阿尔戈达斯"（秘鲁著名作家）叙事文学奖。2012年获得阿根廷作家协会最高荣誉奖。2013年获得智利以著名小说家曼努埃尔·罗哈斯命名的文学奖。综合他获奖原因，大致有题材新颖：写拉美和美国现实生活中的新问题，例如，《艾达之路》就是根据美国"大学炸弹客"事件写成的：数学家卡钦斯基用恐怖手段宣传他的政治主张；作品构思巧妙，特别是擅长运用侦探小说的元素，但是，不受侦探小说的公式化限制，而是凸出犯罪和破案的高智商元素以及博尔赫斯开创的借助小说形式，尤其是互文性和戏仿等手段，对人生、社会、宇宙的抽象问题做艺术具象加工，表面上轻松愉快，骨子里沉重、深邃；特别讲究叙事语言的质量，其特点是简洁，跳跃，时空穿越，等等。皮格利亚的小说创作理念，有拉美文学传统,更有欧美上世纪90年代后现代主义文学的影响。这与他的两地生活有密切关系。他是拉美文学教授,长期在美国一些大学教授拉美文学,非常熟悉美国生活方式,特别是美国大学的教育、学术圈子。同时,在他的祖国阿根廷,他历尽沧桑,饱受军事独裁统治的折磨。去美国后,始终与他的同胞、至爱亲朋保持联系。他的母语是西班牙语,吃潘帕草原的牛肉。如今在美国教书,说的是英语,吃的是热狗。他从当代美国文化中看到一些开明的方面,但是也躲不开危机的侧面。他有勇气说出危机,更有才气,能艺术地表现危机,尤其是能用深刻的思想剖析危机背后的深层次原因,既给读者通报了新情况,让读者享受到了文学提供的快感,更给读者提供了智慧性启发,因此受到读者的喜爱。

《艾达之路》的主人公是一位数学家,有很高的学术成就,获得过数学方面的大奖。他完全可以继续走科学家的学术之路。但是,他却怀疑科学发展对自然生态的破坏作用。这里有个关键问题,为什么他能怀疑?因为他有怀疑的资本:有知识文化,有高超的研究能力。而且,他首先具备怀疑的意识。一个从小就"听话"的孩子,一个长大后依然听命于别人意志生活的人,不可能有怀疑意识。可是,众所周知,不怀疑旧事物之旧,就不可能创新。怀疑是创新的先导。那么,怀疑意识从何而来呢?从自我意识而来,首先,应该知道"我是我""我有自己的脑袋""我有独立的人格""我要独立思考独立解决问题"。这在《艾达之路》的数学家蒙克身上表现得非常充分。从他身上可以看到美国文化中的"自我意识"发展到了何等极致,恐怕开始要走向反面了,如果我行我素到了不顾法律、社会安宁和他人的生死,那么就会像蒙克那样锒铛入狱了。没有独立思考的自我意识,社会死气沉沉;没有公民意识,社会混乱无序;没有生态环保意识,城市会笼罩在雾霾里。但是,怎样才会同时具备这些意识呢?《艾达之路》没有答案,也不可能给出答案。莫非答案在读者手中?

蒙克有真才实学,有智慧,敢担当,是美国文化中的特色之一:崇拜个人英雄。在美国历史上，的确有许多伟人和英雄在推动社会改革、文明进步方面做出了杰出贡献，应该受到爱戴。但是，有哪个英雄是可以离开老百姓的帮助呢？华盛顿？罗斯福？就是球星也得需要别人的配合。影星也需要导演、摄影、化妆、照明等等人员的帮助。一个好汉三个帮。一个英雄忽视群众的存在和利益，早晚会成为孤家寡人，最后凄凄惨惨悲悲切切地见上帝。因为一个人的能力总是有限的，一个人的见识总是有限的，一个人的时间是有限的。但是，英雄的"自以为是"或曰主观唯心主义，会让他膨胀，脱离实际，脱离老百姓，就像蒙克那样身陷囹圄，等候判决。

《艾达之路》是阿根廷作家皮格利亚被翻译成汉语的第一部长篇小说。希望我们的读者再认识一位拉美作家，再多看一部拉美小说、新小说，看看"美国现实生活"在皮格利亚眼中是什么模样，在观察国际风云变化中多一个视角、一个信息，应该是有好处的吧。

赵德明

2016 年 1 月 20 日

于北京大学燕北园